Ferdinand von Saar

Leutnant Burda

Novelle

Mit einem Nachwort von
Daniela Strigl

Gatsby

Gatsby Bücher erscheinen im
Kampa Verlag.

www.kampaverlag.ch
www.gatsbyverlag.ch
Covergestaltung und Satz: Herr K | Jan Kermes, Leipzig
Gesetzt aus der Stempel Garamond LT
Druck und Bindung: Friedrich Pustet, Regensburg
Auch als E-Book erhältlich
ISBN 978 3 311 21004 7

I

Bei dem Regiment, in welchem ich meine Militärzeit verbracht hatte, befand sich auch ein Leutnant namens Joseph Burda. In Anbetracht seiner Charge erschien er nicht mehr allzu jung; denn er mochte sich bereits den Dreißigern nähern. Dieser Umstand würde schon an und für sich genügt haben, ihm bei seinen unmittelbaren Kameraden, die fast durchweg flaumige Gelbschnäbel waren, ein gewisses Ansehen zu verleihen; aber er besaß noch andere Eigenschaften, die ihn besonders auszeichneten. Denn er war nicht bloß ein sehr tüchtiger, verwendbarer Offizier, er hatte sich auch durch allerlei Lektüre eine Art höherer Bildung erworben, die er sehr vorteilhaft mit feinen, weltmännischen Manieren zu verbinden wusste. Als Vorgesetzter galt er für streng, aber gerecht; Höheren gegenüber trug er eine zwar bescheidene, aber durchaus sichere Haltung zur Schau; im kameradschaftlichen Verkehr zeigte er ein etwas gemessenes und zurückhaltendes Benehmen, war jedoch stets bereit, jedem Einzelnen mit Rat und Tat getreulich beizustehen. Niemand wachte strenger als er über den sogenannten Korpsgeist, und in allem, was den Ehrenpunkt betraf, erwies er sich von peinlichster Empfindlichkeit, so zwar, dass er in dieser Hinsicht, ohne auch nur im Geringsten Händelsucher zu sein, mehr als einmal in ernste Konflikte geraten war und diese mit dem Säbel in der Faust hatte austragen müssen. Infolgedessen wurde er ein wenig gefürchtet, aber auch umso mehr geachtet, ohne dass er dadurch anmaßend oder hochfahrend geworden wäre, wenn es gleichwohl dazu beitrug, die etwas melancholische Würde seines Wesens zu erhöhen.

Dem allen hatte er es zu danken, dass man auf eine große persönliche Schwäche, die ihm anhaftete, kein Gewicht legte – oder besser gesagt, sie wie auf Verabredung einmütig übersah. Er war nämlich ungemein eitel auf seine äußere Erscheinung, die auch in der Tat eine höchst einnehmende genannt werden musste. Von hoher und schlanker Gestalt, hatte er ein wohlgebildetes Antlitz, dessen leicht schimmernde Blässe durch einen dunklen, fein gekräuselten Schnurrbart noch mehr hervorgehoben wurde, und auffallend schöne graue Augen, die von langen Wimpern eigentümlich beschattet waren. Es fehlte zwar nicht an Krittlern, welche behaupteten, dass er eigentlich schief gewachsen sei, und wirklich pflegte er beim Gehen die rechte Schulter etwas emporzuziehen. Aber gerade das verlieh seiner

Haltung jene vornehme Nachlässigkeit, die mit der Art, wie er sich kleidete, in sehr gutem Einklange stand. Denn obgleich sein Uniformrock stets von untadelhafter Weiße und Frische war, so zeigte er doch niemals jenes gleißende Funkeln, welches das unmittelbare Hervorgehen aus der Schneiderwerkstätte bekundet hätte, und wiewohl Burda gar sehr auf *taille* hielt, so saß doch, bis zur eleganten Beschuhung hinab (von der man wusste, dass sie stets nach einem eigenen Leisten hergestellt wurde), an ihm alles so leicht und bequem, als wäre es nur so obenhin zugeschnitten und angepasst worden. In dieser Weise erschien das, was ein Ergebnis sorgfältiger Berechnung war, nur als der natürliche gute Geschmack eines vollendeten Gentleman, dessen Taschentücher, wenn sie entfaltet wurden, einen kaum merkbaren Wohlgeruch von sich gaben, und wenn man auch im Stillen seine Glossen machte, dass sich Burda von seinem Burschen – der ein kurzes Privatissimum bei einem Haarkünstler hatte nehmen müssen – täglich frisieren ließ, so trachtete doch mancher, es ihm in seiner Weise gleichzutun, ohne jedoch das Original auch nur im Entferntesten zu erreichen.

Dass diese raffinierte und gewissermaßen verborgene Sorgfalt, die er auf sein Äußeres verwendete, im letzten Grunde mit dem Bestreben zusammenhing, bei dem anderen Geschlechte den günstigsten Eindruck hervorzubringen, braucht wohl nicht erst ausdrücklich gesagt zu werden, und ebenso selbstverständlich ist es, dass sich Burda nach dieser Richtung hin für unwiderstehlich hielt. Nicht, dass er etwa dieses Bewusstsein irgendwie zur Schau getragen oder gar, wie es wohl einige von uns pflegten, mit Herzenseroberungen geprahlt hätte; er beobachtete vielmehr in solchen Dingen die äußerste Zurückhaltung, und nur aus manchen Symptomen konnten Schlüsse gezogen werden. Da waren es denn entweder zarte Damenringe, die er am kleinen Finger seiner wohlgepflegten Hand trug, oder ein aus Haaren geflochtenes Armband, das zufällig unter seiner Manschette zum Vorschein kam – sowie plötzliches geheimnisvolles Verschwinden zu gewissen Stunden, was zu allerlei Vermutungen Anlass gab, denen er zwar nicht geradezu widersprach, aber deren weitere Erörterung er sofort mit ernstem Stirngerunzel abschnitt. Überhaupt nahm er nur selten an Gesprächen teil, welche die Liebe und somit auch die Frauen zum Gegenstand hatten, welch Letztere er von einem ganz eigentümlichen Standpunkt aus betrachtete. Wie nämlich für einen mehr berüchtigten als berühmten Feldherrn der Mensch erst beim Baron anfing, so begann für Burda das weibliche Geschlecht erst bei der Baronesse. Den einfachen Geburtsadel einer jungen Dame ließ er nur dann gelten, wenn der betreffende Vater General oder Präsident irgendeiner hohen Landesstelle war; auf gewöhnliche Hofratstöchter pflegte er mit einer Art von Mitleid herabzusehen; Damen der Plutokratie verachtete er gründlich. Alles andere existierte für ihn einfach gar nicht, und er gab jedes Mal seiner Verwunderung Ausdruck, wenn er erfuhr, dass ein Offizier irgendeine wohlhabende Bürgerstochter geheiratet hatte (was er eine Mesalliance nannte); im schärfsten Tone aber tadelte er es, wenn jemand zu einer Dame von zweifelhaftem Rufe in mehr als ganz vorübergehende Beziehung getreten war.

Diese hochstrebenden Neigungen konnten umso seltsamer erscheinen, als Burda selbst sehr bescheidener Herkunft war. Als Sohn eines kleinen Rechnungsbeamten hatte er eine nur dürftige Erziehung erhalten, anfänglich das Gymnasium besucht, aber sich bald als Eleve in das Amt seines Vaters aufnehmen lassen, um diesem weiterhin nicht mehr zur Last fallen zu müssen. Später, als die Zeitläufte günstige Aussichten bei der Armee eröffneten, war er als Kadett in unser Regiment getreten. In jene Zeit schienen auch seine ersten Erfolge bei den Frauen gefallen zu sein. Denn wie die Sage ging, hatte sich damals die Tochter eines höheren Generals, in dessen Adjutantur er, seiner schönen Handschrift wegen, verwendet wurde, schwärmerisch in ihn verliebt. Diesem Roman hatte jedoch der General, nachdem er einem geheimen Briefwechsel auf die Spur gekommen, sofort damit ein Ende bereitet, dass er den Helden nach Verona versetzen ließ, wo sich der Werbebezirk des Regimentes – das ein italienisches war – befand. Dort, unter südlichem Himmel, in der Vaterstadt Romeos und Julias, hatte auch unverzüglich eine dunkellockige Marchesa ihr Auge auf den schmucken Krieger geworfen und mit ihm – einem eifersüchtigen, der österreichischen Fremdherrschaft äußerst abholden Gemahl zum Trotz – ein höchst leidenschaftliches Verhältnis begonnen, bei welchem es an nächtlichen Zusammenkünften mittels Strickleiter, blutigen Überfällen vonseiten des Marchese usw. nicht gefehlt haben sollte. Kein Wunder also, dass Burda, einmal Offizier geworden, nicht tiefer mehr herabsteigen konnte und seine Netze bloß in den oberen Regionen aufrichtete. So glaubte man auch jetzt trotz seiner Zurückhaltung zu wissen, dass er in der ansehnlichen Provinzstadt, wo diese Geschichte zu handeln beginnt, die besondere Gunst einer Stiftsdame erworben habe, die, obgleich nicht mehr ganz jung, als vollendete Schönheit galt. Nebenher wurde freilich auch behauptet, das Ganze bestehe darin, dass Burda sehr häufig unter den Fenstern des Stiftsgebäudes vorüberwandle und in der daran stoßenden Kirche jeden Sonntag die Messe höre; ein unschuldiges Vergnügen, das eigentlich jedermann geboten wäre. Wie dem aber mochte gewesen sein: Die meisten von uns, von einem ähnlichen romantischen Hange beseelt, hielten an der Überzeugung fest, dass Burda infolge seiner Vorzüge ein Auserwählter sei, und fuhren fort, mit einer Art sehnsüchtiger Bewunderung nach ihm emporzublicken.

Indessen sollte doch einmal seinem Ansehen ein gelinder Stoß versetzt werden. Es war nämlich unter den jüngeren Offizieren die Gepflogenheit entstanden, schriftliche Meldungen und sonstige Eingaben mit absichtlicher Flüchtigkeit zu unterzeichnen (was genial aussehen sollte), oder dabei die Buchstaben so grillenhaft zu verschnörkeln, dass die betreffenden Namen in der Tat oft nicht zu entziffern waren. Unser Oberst, eine schwarzgallige, pedantische Natur, nahm somit die stets erwünschte Gelegenheit wahr, dem jungen Volk am Zeuge flicken zu können, und ließ die hervorragendsten Übeltäter, darunter auch meine Wenigkeit, vor sich bescheiden. Wir hatten schon vorher von der Sache Wind bekommen und waren nicht wenig erstaunt, auch Burda, dessen Unterschrift an kalligraphischer Deutlichkeit nichts zu wünschen übrig ließ, unter den Vorgeladenen zu erblicken. Nachdem uns der Oberst mit sarkastischem Behagen die *corpora delicti* vor Augen gehalten und mit näselnder Stimme jeden Einzelnen gefragt hatte, wie er denn eigentlich heiße – und was *dies* und was *jenes* zu bedeuten habe, schloss er mit einem sehr scharfen Verweise, für die Zukunft exemplarische Strafen in Aussicht stellend. Dann wandte er sich in etwas gemäßigtem Tone an Burda: »Und auch Sie, Herr Leutnant, habe ich kommen lassen, um eine Frage an Sie zu richten. Seit wann sind Sie denn Graf geworden?«

Burda zuckte leicht zusammen. Dann erwiderte er, allmählich bis unter die Stirnhaare errötend, mit fester, fast herausfordernder Stimme: »Graf? In welcher Hinsicht meinen dies der Herr Oberst?«

Der Oberst trat einen Schritt zurück und kniff, wie es in Erregung seine Gewohnheit war, das rechte Auge zu. »In welcher Hinsicht? Mit Hinsicht auf Ihren letzten Wacherapport. Derselbe ist« – er hielt ihm das Schriftstück entgegen – »mit Gf Burda unterzeichnet. Dieses Gf ist, wie ich aus den Unterschriften des Herrn Majors Grafen N... und des Herrn Hauptmanns Grafen K... entnehme, eine beliebte Abkürzung des Wortes Graf. Was haben Sie darauf zu erwidern?«

»Ich erlaube mir zu bemerken«, sagte Burda in strammster Haltung, »dass dieses Gf keineswegs das Wort Graf bedeuten soll. Es ist die Abkürzung meines Namens Gottfried.«

»Gottfried? Sie heißen ja Joseph!«

»Allerdings. Aber es dürfte dem Herrn Oberst

bekannt sein, dass man bei der Taufe in der Regel den Namen des Vaters mit empfängt. Mein Vater führte den Namen Gottfried; somit heiße ich Joseph Gottfried.«

Der Oberst trat noch einen Schritt zurück und zwinkerte krampfhaft mit dem rechten Auge. »Dann muss ich Sie bitten, Ihren Taufschein aktenmäßig vorzulegen, damit die Regimentslisten, in welchen, soviel ich weiß, bloß der Name Joseph eingetragen erscheint, richtiggestellt werden können. Aber trotzdem werden Sie künftighin weniger zweideutige Abkürzungen zu wählen haben.« Er machte eine kurze Verbeugung, und wir waren entlassen.

Als wir die Tür hinter uns hatten und nun insgesamt die Treppe hinabschritten, herrschte peinliches Schweigen. Das Komische des ganzen Auftrittes hätte eigentlich zu allgemeiner Heiterkeit angeregt; aber die Gegenwart Burdas, der die Sache sichtlich ernst nahm und überdies nicht ganz ohne Verlegenheit schien, drängte die Äußerung einer solchen Stimmung zurück. Wir verabschiedeten uns von ihm mit einigen oberflächlichen Worten, und auch in der nächsten Zeit blieb uns diese Befangenheit ihm gegenüber; es war, als hätte etwas Fremdes, Unerwartetes seine leuchtende Erscheinung getrübt.

Er selbst aber legte noch am selben Tage seinen

Taufschein, der wirklich beide Namen enthielt, auf dienstlichem Wege vor und unterzeichnete von nun an mit augenfälliger Absichtlichkeit und ohne jede Abkürzung: Joseph Gottfried Burda.

II

Dieser unliebsame Zwischenfall wurde übrigens wie alles, das keine bemerkenswerten Folgen nach sich zieht, umso eher wieder vergessen, als bald darauf ein Ereignis eintrat, welches die Gemüter in leicht begreifliche Aufregung versetzte. Das Regiment erhielt nämlich eines Tages ganz plötzlich den Befehl, in die Wiener Garnison einzurücken, was man damals als besondere Auszeichnung zu betrachten pflegte. Aber auch aus sonstigen Gründen wurde diese Anordnung von den Offizieren mit großer Freude begrüßt. Denn viele von uns waren gebürtige Wiener und konnten nunmehr ihre Angehörigen auf längere Zeit wiedersehen, während den übrigen Gelegenheit geboten wurde, das mehr oder minder fremde Leben der Hauptstadt kennen- und genießen zu lernen. Nebenbei galt es, das Regiment in der kurzen Spanne Zeit, die hierzu noch vergönnt war, in den allerbesten Stand zu setzen, was jedem Einzelnen rastlose Tätigkeit auferlegte – bis endlich der große Tag erschien, an welchem wir die Waggons bestiegen und, im Wiener Nordbahnhofe angelangt, mit klingendem Spiele der Kaserne entgegenzogen, die uns in einer der nächsten Vorstädte angewiesen war.

Wien selbst trug damals noch ganz seinen früheren Charakter zur Schau. Die alten Tore mit den unbeweglichen Brücken über dem Stadtgraben bestanden noch; die Kastanien- und Lindenalleen auf dem Glacis führten nach den Vorstädten, und wenn heutzutage die innere Stadt von der Ringstraße wie von einem blendenden Juwelengürtel umspannt erscheint, so glich sie damals, von den Ringmauern der Bastei eingeschlossen, einem Schatzkästlein, in welchem die meisten Kostbarkeiten zusammengedrängt lagen. Auch der öffentliche Verkehr war einfacher, gleichsam intimer, als jetzt. Die verschiedenen amtlichen Berufszweige gingen räumlich nicht allzu weit auseinander, ebenso die mannigfaltigen Objekte des Vergnügens und des Genusses – und so hatte sich denn auch jeder von uns bald mit den Verhältnissen vertraut gemacht und in seiner Weise eingelebt. Diejenigen, welche zur Bequemlichkeit neigten und außerdienstlichen Begegnungen mit hohen und höchsten Vorgesetzten gern aus dem Wege gingen, vermieden es nach Möglichkeit, die Straßen und Plätze der Stadt zu betreten, und verbrachten ihre freie Zeit in der Nähe der Kaserne. Andere hingegen – zumeist ältere Hauptleute mit stark entwickelten gastronomischen Neigungen –

liebten die Weinstuben und Restaurants aufzusuchen, die sich eines besonderen Rufes erfreuten, woselbst sie auch meistens bis tief in die Nacht hinein hängen blieben, um dann in heiterster Stimmung nach Hause zurückzukehren. Schließlich aber gab es Einzelne, die kein höheres Vergnügen kannten, als, aufs Sorgfältigste angetan, das Pflaster des Grabens und Kohlmarktes zu beschreiten und solche Orte aufzusuchen, wo sie, um zu sehen und gesehen zu werden, ohne besonderen Kostenaufwand mit der vornehmen Welt zusammentreffen konnten. Dass zu diesen wenigen auch Burda gehörte, versteht sich von selbst, und es war in der Tat bewunderungswürdig, wie vollendet er sich in dieser Hinsicht benahm. Wenn er so in nachlässiger Haltung vor dem weltberühmten Café Daum stand und die Vorübergehenden mit kühlen Blicken betrachtete oder mit gemessenem Schritte seinen Rundgang auf der Bastei antrat, war er geradezu das Muster eines eleganten Offiziers. Niemand vermochte im Wintersalon des Volksgartens, während die Kapelle der Gebrüder Strauß ernste und heitere Weisen zu hören gab, mit vollendeterem Anstande Platz zu nehmen, und im Stehparterre der beiden Hoftheater wusste er stets einen Pfeiler zu erobern, an welchen gelehnt, er seine Blicke nach den Logen, das heißt nach den weiblichen Insassen schweifen ließ.

In dieser Zeit war ich Burda, der mich bis dahin nur wenig beachtete, nähergetreten. Den Anlass hierzu hatte eine ökonomische Frage gegeben. Es mangelte nämlich in den Kasernen an einer ausreichenden Zahl von Offizierswohnungen, infolgedessen mehrere von uns entsprechende Geldentschädigungen erhielten. Da war es denn nun Sitte, dass die Besitzer von sogenannten »Naturalquartieren« einen oder auch mehrere Kameraden bei sich aufnahmen, damit jedem Einzelnen die entsprechende Zinsquote zur Aufbesserung der schmal bemessenen Gage dienen könne. Auch Burda, der eine Wohnung in der Kaserne hatte, musste daran denken, einen Mieter zu suchen – oder, wie dies in seiner Art lag, sich einen solchen zu erwählen. Dass die Wahl auf mich fiel, mochte in erster Linie wohl damit zusammenhängen, dass ich zu der Kompagnie versetzt worden war, bei welcher er selbst stand; aber ich hatte immerhin Grund, seine Aufforderung als Auszeichnung zu betrachten und sie umso lieber anzunehmen, als sich ein besonderer, mir sehr erwünschter Vorteil daran knüpfte. Denn ich hatte schon damals literarischen Neigungen nachgegeben und wünschte, im Laufe des Tages einige ruhige, völlig ungestörte Stunden zu haben, aber wie wäre dies in einer kameradschaftlichen Wirtschaft, wo es in der Regel ziemlich wüst herging, zu erreichen gewesen! Burda jedoch, der die

Rücksicht in Person war und überdies stets seine eigenen Wege ging, bot mir in dieser Hinsicht alle Sicherheit. Ich kündigte sofort in dem Privathause, wo ich mich bereits eingemietet hatte, und zog in seine Wohnung, welche eigentlich nur aus zwei Zimmern bestand; diese aber waren sehr geräumig, und jedes hatte seinen eigenen Eingang. Die Verbindungstür wurde abgesperrt, von beiden Seiten ein Kasten davor gerückt – und die Sache war in Ordnung gebracht.

Anfänglich hielten wir uns beide ziemlich fern voneinander; er aus gewohnter Zurückhaltung – ich aus Furcht, ihm lästig zu fallen; es war eben, als wohnte jeder für sich allein. Im Übrigen befand sich Burda während des Tages nur selten zu Hause; war dies aber der Fall, so lag er gewöhnlich auf einer niederen Ottomane, die er aus zwei übereinandergeschichteten Strohsäcken und einem Überwurf aus grell gemustertem Zitz höchst sinnreich hergestellt hatte, und las, was er sehr gerne tat, französische Romane. Fast niemals drang ein störender Laut zu mir herüber, und ich konnte deutlich nachfühlen, wie er beim Kommen und Gehen den Schall seiner Schritte sorglich abdämpfte. Nur seine häufigen Waschungen vernahm ich und bisweilen auch ein leises Geräusch, welches er dadurch hervorbrachte, dass er seine neueste Uniform stets eigenhändig bürstete; ein heikles, wichtiges Geschäft, das er selbst seinem außerordentlich geschulten Diener nicht anvertrauen mochte.

So trafen wir denn außer Dienst nicht allzu oft zusammen, am häufigsten noch im Burgtheater, das ich, begreiflicherweise, sooft es nur anging, besuchte, während Burda jeden zweiten Tag mit der Oper abwechselte. Fanden wir uns nach der Vorstellung zufällig im Foyer, so pflegten wir gemeinschaftlich nach Hause zu gehen, denn nach dem Theater zu soupieren, gestatteten unsere Mittel nicht. Hingegen lud er mich zuweilen in huldvoller Stimmung ein, bei ihm den Tee zu nehmen, was allerdings im eigentlichsten Wortsinne zu verstehen war, da in der Regel Rum und Sahne fehlten und höchstens etwas abgelegenes Weißbrot als Beigabe erschien.

Eines Tages hatte ich mich eben an den Schreibtisch gesetzt, um den zweiten Gesang eines größeren Gedichtes in Angriff zu nehmen, zu dem ich mich unter dem Eindruck von Ernst Schulzes »Bezauberter Rose« hatte verleiten lassen, als ich an der Verbindungstür ein leises, immer eindringlicher werdendes Klopfen und zuletzt die Stimme Burdas vernahm: »Störe ich, wenn ich einen Augenblick hinüberkomme?«

Obgleich mir nun diese Unterbrechung nicht sehr gelegen kam, so war es doch selbstverständlich, dass ich entgegenrief: »Oh, nicht im Geringsten! Es wird mich sehr freuen, dich bei mir zu sehen.«

Und damit eilte ich an den Eingang, um Burda zu empfangen, der auch alsbald, ein zusammengefaltetes Papier in der Hand, bei mir eintrat.

Nachdem ich ihn gebeten hatte, auf einem der beiden braun gestrichenen Stühle Platz zu nehmen, die einen großen Teil meiner Zimmereinrichtung bildeten, fragte ich, was ihn zu mir führe.

»Ich habe hier«, sagte er, »ein paar Verse niedergeschrieben, und da ich weiß, dass du dich mit Poesie beschäftigst, so wollte ich dich bitten, das Gedichtchen durchzusehen, ob sich nicht etwa Verstöße gegen das Metrum oder sonstige Fehler eingeschlichen haben. Willst du mir diese Gefälligkeit erweisen?«

»Mit größtem Vergnügen«, erwiderte ich, indem ich das Blatt entgegennahm. Es enthielt zehn bis fünfzehn Verse, die im Ganzen ziemlich steif, aber vollständig korrekt waren und beiläufig mit folgenden Reimen schlossen:

Soll mir der Stern der Hoffnung nicht erbleichen,
So gib, erhab'ner Engel, mir ein Zeichen!

»Es ist nichts daran auszusetzen«, sagte ich, das Papier zurückgebend.

»Ich dachte es wohl«, entgegnete er ernst. »Aber ich wollte ganz sichergehen.«

Jeden anderen würde ich möglicherweise jetzt

gefragt haben, an wen eigentlich die Verse gerichtet seien; allein Burda gegenüber war das nicht zu wagen. Auch interessierte es mich nicht gerade übermäßig. Diesmal aber war es mir, als wollte er gefragt sein. Denn er blieb mit gekreuzten Beinen sitzen und blickte, die rechte Fußspitze hin und her bewegend, wie erwartungsvoll vor sich hin. Ich unterbrach endlich das Schweigen, indem ich, wenngleich noch immer etwas zaghaft, begann: »Und darf man vielleicht wissen – –?«

Er wandte rasch das Haupt und streckte mir die Hand entgegen: »Lieber Freund, du hast in der Zeit unseres Zusammenwohnens nicht bloß meine Zuneigung, sondern auch meine Achtung in hohem Grade erworben. Ich kann und darf dich daher auch vollständig in alles einweihen – umso mehr, als es mir, offen gestanden, ein Bedürfnis ist, diesmal einen Vertrauten zu haben. So höre denn: Die Verse sind an die jüngste der Prinzessinnen L… gerichtet.«

Nun hatte ich allerdings nichts Geringes zu hören erwartet; dennoch erstarrte ich fast vor Erstaunen. Dass Burda seine Blicke so hoch erheben könne, überstieg all und jede Voraussetzung, wenn ich auch nicht umhinkonnte, seinen sublimen Geschmack zu bewundern. Die Prinzessinnen L… gehörten zu den blendendsten Erscheinungen der aristokratischen Frauenwelt, welche damals an

Schönheiten so auffallend reich war. Von mütterlicher Seite verwaist, dem Alter nach kaum um je ein Jahr voneinander verschieden, trugen sie alle drei mit ihren kühn und doch zart geschwungenen Nasen die ausgesprochenste Familienähnlichkeit zur Schau, und wenn sie, in der Regel gleich gekleidet, in der Loge saßen oder in den Prater fuhren, so mochte dieser Anblick wohl viele Herzen höherschlagen gemacht haben. Dass aber irgendein Erdensohn, wenn er jenen Kreisen nicht angehörte, es wagen sollte, der Tochter eines Fürsten aus souveränem Geschlechte, welcher am Hofe eine der ersten Stellungen einnahm, in solcher Weise, mit solchen Erwartungen zu nahen, war unfassbar. Ich blieb sprachlos.

Burda schien sich an meinem Erstaunen zu weiden. »Nun«, sagte er endlich lächelnd, »siehst du darin etwas so ganz Unmögliches?«

Nun galt es wieder, ihn nicht zu verletzen. »O nein – durchaus nicht – – ich habe nur nachgedacht. Auf welche Art willst du denn der Prinzessin das Gedicht zukommen lassen?«

»Auf welche Art? Ganz einfach durch die Post.«

»Durch die Post?«

»Natürlich. Du weißt, dass ich mich ein wenig auf Kalligraphie verstehe. Ich bringe also die Verse ohne Unterschrift und ohne meine Hand zu verraten aufs Zierlichste zu Papier. Auf der Adresse ahme ich eine Damenschrift nach, und um die Empfängerin sofort wissen zu lassen, von wem der Brief kommt, siegle ich mit feinem, blassgelbem Lack – mit der Farbe unserer Aufschläge«, setzte Burda erklärend und bereits etwas ärgerlich hinzu, da er in meiner Miene noch immer keine verständnisvolle Zustimmung bemerken mochte.

»Das ist alles ganz gut«, warf ich jetzt ein. »Aber wie, wenn der Brief in unrechte Hände fällt?«

Burda sah mich mit mitleidsvoller Überlegenheit an. »In unrechte Hände? Glaubst du denn, dass man in fürstlichen Häusern den Töchtern die Briefe öffnet, wie dies wohl in bürgerlichen Kreisen vonseiten misstrauischer Väter und Mütter geschehen mag?«

»Vom Öffnen ist nicht die Rede. Aber der Brief kann in Gegenwart anderer Personen überbracht werden. Und wenn dann hinsichtlich seiner an die Empfängerin eine Frage gerichtet wird – was soll sie erwidern?«

Burda rückte ungeduldig auf dem Stuhl hin und her. »Lieber Freund«, sagte er gereizt, »man sieht doch gleich, dass du keine Ahnung hast, was in der Aristokratie Sitte und Gepflogenheit ist. In solchen Familien hat jedermann seine eigenen Appartements, seine eigene Dienerschaft – und man empfängt eben seine Briefe für sich allein. Indessen hast du in gewissem Sinne recht«, fuhr er nach einer Pause einlenkend fort; »ich selbst verkenne ja das Bedenkliche meines Unternehmens nicht. Aber du wirst zugeben, dass meinerseits etwas gewagt werden muss; denn die Prinzessin kann doch nicht den ersten Schritt tun. Im Übrigen habe ich alles wohl erwogen und reiflich überlegt. Die Sache steht einfach so: Entweder erwartet man – und ich habe Gründe, dies aufs Bestimmteste vorauszusetzen – von mir eine Kundgebung, dann begreifst du wohl, dass es mit dem Briefe keine Gefahr hat. Denn selbst angenommen, dass er der Gegenstand irgendeiner Frage würde, so besitzt man gewiss auch den nötigen weiblichen Scharfsinn, um sich aus der Affäre zu ziehen. Oder: Ich habe mich bis jetzt vollkommen getäuscht – nun, dann wird man die Verse einfach beiseitewerfen – und alles ist aus.«

Diese ruhige Auseinandersetzung wirkte. Mir selbst kam jetzt das Ganze weniger befremdlich vor. Ich hätte freilich noch einwenden können, dass in dem Schritte, den er unternahm, etwas Verletzendes für die junge Dame selbst liege; aber ich unterdrückte diese Bemerkung und sagte bloß: »Ich sehe, du hast alle Umstände aufs Genaueste in Betracht gezogen, und so kann ich dich nur bitten, mir zu verzeihen, dass ich mir gestattet habe – –«

»Du bist vollkommen entschuldigt«, sagte er herablassend, indem er sich erhob. »Es war ja deine Pflicht, mich auf mögliche Zwischenfälle aufmerksam zu machen – und ich danke dir dafür. Damit du jedoch siehst, wie grundlos deine Einwürfe waren, so fordere ich dich auf, Zeuge meines Erfolges zu sein.« Er stand einen Augenblick nachsinnend. »Heute ist der Zwölfte – morgen sende ich das Gedicht ab – am Vierzehnten erhält es die Prinzessin – und am Fünfzehnten hat man die Loge im Burgtheater, denn es ist ein ungerader Tag. Ich ersuche dich also, am Fünfzehnten mit mir gemeinsam das Burgtheater zu besuchen und während der Vorstellung an meiner Seite zu bleiben. Das Weitere wirst du sehen.« Damit reichte er mir die Hand und begab sich, von mir auf den Gang hinausgeleitet, in sein Zimmer.

Als ich wieder allein war, wirbelte es mir im Kopfe. Sollte es möglich sein!, rief ich aus. Sollte die Prinzessin wirklich … Warum nicht? Es waren ja doch schon ähnliche Fälle vorgekommen! Burdas Zuversicht hatte etwas Ansteckendes; sie schien sich jetzt auch mir mitteilen zu wollen. Aber nein, nein! Es ist ganz und gar undenkbar!, sprach endlich die gesunde Vernunft und behielt das letzte Wort. Dabei vergaß ich freilich, dass ich vorhin selbst darangegangen war, in dem zweiten Gesange meiner Dichtung mit glühenden Farben ein geheimes Stelldichein zu schildern, welches zwischen einer Königstochter und einem Knappen (der sich allerdings am Schlusse als Königssohn würde entpuppt haben) stattfinden sollte.

III

Der Tag, oder besser gesagt der Abend, an welchem Burda von dem »erhabenen Engel« ein Zeichen erwartete, war da. Wir begaben uns also – und zwar ziemlich früh – in die noch dämmerhaften Räume des Burgtheaters, um uns einen guten, vollkommene Umschau gewährenden Platz zu sichern. Diese Vorsicht erwies sich übrigens als überflüssig. Denn man gab *Minna von Barnhelm,* welches Stück bei den meisten von uns in dem Rufe stand, langweilig zu sein, und obgleich sein zweiter Titel für das Militär sehr anziehend hätte klingen sollen, so blieb doch diesmal das Parterre, wo es sonst von Uniformen wimmelte, umso spärlicher besucht, als im Kärntnertor-Theater der *Prophet* aufgeführt wurde, welche Oper damals mit Ander als Johann von Leyden noch immer eine sehr starke Zugkraft ausübte. Burda aber wollte in der *Minna von Barnhelm* ein besonders günstiges Vorzeichen erblicken; ja er warf sogar hin, dass man das Stück vielleicht auf ausdrücklichen Wunsch der Prinzessin angesetzt habe. Ich fand diese Voraussetzung ziemlich gewagt, was er auch zugab; indes blieb er dabei, es sei jedenfalls ein merkwürdiges Zusammentreffen der Umstände.

Inzwischen hatte sich der lichtspendende Kronleuchter von oben herabgesenkt; das Haus belebte sich, das Niederklappen der Sperrsitze wurde vernehmbar und mischte sich mit einzelnen Klagelauten der Instrumente, die man im Orchester zu stimmen begann. Endlich war die Ouvertüre in gewohntem Missklange verhallt – und die Vorstellung begann.

Jetzt konnte man ganz deutlich wahrnehmen, wie spärlich das Theater überhaupt besucht war. Die Logen- und Sitzreihen wiesen klaffende Lücken auf, ein Beweis, dass die vornehme Welt das klassische Lustspiel ebenfalls nicht besonders zu schätzen wisse. Nur die Galerien erschienen stark besetzt. Auch die fürstlich L…'sche Loge zeigte sich zu sichtlicher Bestürzung Burdas leer. Schon hatte sich die erste Szene zwischen Just und dem Wirt – von Laroche und Beckmann aufs Köstlichste dargestellt – abgespielt; schon hatte Major Tellheim seinen Edelmut, Ludwig Löwe als Werner den unverwüstlichen Zauber seines Naturells zu entfalten begonnen, der Vorhang fiel – und noch immer gähnte die Loge wie ein dunkler Abgrund, in den die Hoffnungen Burdas zu versinken drohten. Da – als das Orchester eben mit einer jammernden Zwischenmusik anhob, konnte man in dem nicht allzu geräumigen Viereck ein leichtes Schimmern und Wehen bemerken; Stühle wurden gerückt – und die drei Schwestern setzten sich, während Burda vor Aufregung zitterte, an die Brüstung.

Der zweite Akt begann. Louise Neumann, als Franziska, schlug ihre schalkhaftesten und dabei innigsten Laute an, die Aktion verwickelte sich – und nun nahm das Stück einen immer lebhafteren Fortgang, bis es am Schlusse des dritten Aktes zu stürmischem Beifalle hinriss. Ich betrachtete Burda. Er hatte die ganze Zeit über regungslos an seinen Pfeiler gelehnt dagestanden. Eine stille, wonnige Verklärung war über seinem Antlitz ausgebreitet, und seine Augen schimmerten in feuchtem Glanze. Was nun die jungen Damen in der Loge betraf, so konnte ich durchaus nicht bemerken, dass man Burda irgendwelche Beachtung schenke. Die Prinzessinnen hatten anfänglich etwas zerstreut nach der Bühne geblickt; bald aber war ihre Aufmerksamkeit gefesselt worden, und jetzt, nachdem sich der Vorhang wieder herabgesenkt, sprachen sie leise miteinander. Dabei sahen sie wohl im Hause umher, und ihre Blicke schweiften auch über das Parterre; ob aber die jüngste Burda besonders ins Auge gefasst habe, ließ sich nicht ermitteln.

Dieser verließ jetzt seinen Standort und winkte mir mit den Augen, ihm in den kleinen, niederen Seitengang zu folgen, welcher als Verlängerung des Parterres benützt wurde und, obgleich man von dort aus kaum die Bühne sehen konnte, in der Regel ebenfalls überfüllt war. Heute aber zeigte er sich leer und vereinsamt, und Burda setzte sich auf die schmale, hart gepolsterte Bank, die an der Wand hinlief. Nachdem ich mich neben ihm niedergelassen hatte, flüsterte er mir zu: »Nun, hast du bemerkt?«

»Bemerkt? Was denn?«

»Dass sie ganz in Gelb gekleidet ist.«

»Das ist mir nicht aufgefallen.«

»Weil du nicht darauf geachtet hast. Tritt hinaus und überzeuge dich, dass sie unsere – das heißt *meine* Farbe trägt.«

Als ich mich nun wieder an meinen früheren Platz begab, hatte der vierte Akt bereits begonnen. Ich blickte nach der Loge – und in der Tat, es war so, wie Burda gesagt hatte. Das tief in den Schultern ausgeschnittene Kleid war von mattem Gelb; im dunklen Haar wiesen sich gelbe Rosen – und vor allem leuchtete mir ein großer Fächer von hellem Goldgelb in die Augen, den die Prinzessin nachlässig auf und nieder bewegte. Ich begriff nicht, wie ich dies alles hatte übersehen können, da es doch umso auffallender war, als die beiden älteren Schwestern heute anders, und zwar in zartes Blau gekleidet waren. Es sah wirklich wie Absicht aus.

Das Stück näherte sich dem Ende. Burda war inzwischen wieder an meiner Seite erschienen, und als jetzt der Vorhang fiel, raunte er mir zu: »Komm, wir wollen sie noch in den Wagen steigen sehen.«

Wir eilten in die Garderobe, nahmen unsere Mäntel und stellten uns in der Einfahrt auf. Das Haus leerte sich diesmal rasch, es dauerte daher nicht lange, so erschienen die Prinzessinnen, in weiße, mit Schwan besetzte Theatermäntel gehüllt. Ihr Vater, der gegen Ende der Vorstellung im Hintergrunde der Loge sichtbar geworden, folgte ihnen auf dem Fuße, während zwei Wagen vorfuhren. Man sonderte sich paarweise; der Fürst mit der jüngsten Tochter stieg in den ersten Wagen, die beiden anderen in den zweiten – und die schmucken Gefährte rollten von hinnen. Wir sahen ihnen noch eine Weile nach, und ich glaubte zu bemerken, dass sie, auf dem Michaelerplatz angelangt, sich trennten und jedes eine andere Richtung nahm.

Nun entfernten wir uns, und Burda schlug, ohne ein Wort zu sagen, den Heimweg ein, doch nicht wie gewöhnlich durch die Stadt, sondern über das verödete Glacis vor dem Burgtor. Es war im Dezember. Der Tag hatte sich frostig angelassen, jetzt aber war es milder geworden. Feiner weißer Nebel lag wie ein matt durchleuchteter Schleier über der Stadt; dabei fing es in weichen, dichten Flocken zu schneien an.

Da Burda in seinem Schweigen verharrte, so

schritten wir eine Zeit lang stumm nebeneinander hin. Aber ich fühlte, dass er erwartete, ich würde das Gespräch eröffnen, und begann daher endlich: »Nun, hast du eine weitere Kundgebung erhalten?«

Er warf mir einen Blick von der Seite zu. »Eine weitere Kundgebung?«, erwiderte er scharf. »Genügt denn nicht diese *eine,* dass sie, wie schon erwähnt, meine Farbe trug? Hätte sie mir vielleicht noch Zeichen machen – oder vor dem Theater in die Arme fallen sollen?«

Ich sah, wie sehr ich ihn mit meiner Frage gereizt hatte. »Keineswegs«, erwiderte ich, »ich meinte ja nur – – Und wenn du wirklich überzeugt bist, dass die Wahl der Farbe eine absichtliche war –«

»Überzeugt?«, rief er noch mehr aufgebracht. »Als ob da ein Zweifel sein könnte!« Und sich gewaltsam mäßigend fuhr er fort: »Ich vergesse, lieber Freund, dass du das Recht hast, mich vor möglichen Selbsttäuschungen zu warnen. Aber wie soll ich dir meine Überzeugung beibringen? Das bleibt doch immer nur Sache des Gefühls.«

»Gewiss«, bekräftigte ich, um einem unersprießlichen Streite vorzubeugen. »Und dein Gefühl wird jedenfalls das richtige sein – wenn ich auch nicht absehe, was sich aus dem allen entwickeln soll.«

Er blieb stehen und blickte mir bei dem Schein einer nahen Gasflamme ernst ins Gesicht. »Entwickeln! Entwickeln!«, wiederholte er verächtlich.

»Mich wundert nur, dass gerade du so fragen kannst. Du bist doch Poet – oder willst es wenigstens sein, und so solltest du auch begreifen, dass es Verhältnisse gibt, die keine weitere Entwicklung zulassen, weil sie an sich schon der Gipfel alles Glückes sind. Oder ist es nicht das höchste Glück, zu wissen, dass man die Gedanken, die Phantasie eines solchen Wesens beschäftigt? Dass man in einem *solchen* Herzen die ersten Empfindungen wachgerufen hat? Was kann, was darf ich mehr erwarten?«

Ich gestehe, dass ich mich beschämt fühlte. Das Zarte, Vergeistigte seiner Auffassung imponierte mir; es war, als hätte ich ihm ein Unrecht abzubitten. »Verehrter Freund«, sagte ich mit aufrichtiger Wärme, »ich ersuche dich, vor allem zu glauben, dass ich mich sehr wohl in deinen Seelenzustand versetzen kann. Aber ich gestehe dir auch offen, dass ich dich, trotz deines idealen Sinnes, den ich stets bewundert, doch für einen Mann gehalten habe, dem ein solch traumhaftes Glück auf die Dauer nicht zu genügen vermag.«

Er sah mich eigentümlich an. »Vielleicht hast du recht«, erwiderte er nach einer Pause, indem er sich wieder in Bewegung setzte. »Und damit du siehst, wie weit mein Vertrauen zu dir geht, will ich dich auch noch in eine andere Angelegenheit einweihen. Sie ist zwar bis jetzt nicht viel mehr als ein Luftgebilde; sie kann aber im Laufe der Zeit festere Umrisse annehmen – und dann Aussichten auf Möglichkeiten eröffnen, die gegenwärtig ganz undenkbar sind. Wenn du bei mir eine Tasse Tee trinken willst, so werde ich dir alles darauf Bezügliche auseinandersetzen.«

Wir schritten nun rascher aus, und so waren wir bald zu Hause angelangt, wo uns der Diener Burdas zeremoniell die Mäntel abnahm. Dann servierte er auf einer blank gescheuerten, wie Silber aussehenden Zinnplatte den Tee, welchem heute, wie zu voraussichtlicher Feier des erfolgreichen Abends, etwas kalte Küche beigegeben war, schob auf einen Wink seines Herrn noch einige Kohlen in den Ofen und verschwand. Nachdem wir den Tee genommen und Zigarren angezündet hatten, stellte Burda die Lampe auf eine Konsole, die neben der Ottomane stand, und lud mich mit einer Handbewegung ein, dort Platz zu nehmen. Hierauf schloss er ein versperrtes Schiebfach seines Schreibtisches auf und zog ein Pack vergilbter und brüchiger Papiere hervor, die er, indem er sich jetzt gleichfalls setzte, zwischen uns beiden niederlegte.

»Du entsinnst dich vielleicht noch«, begann er nach kurzem Schweigen, »jenes ärgerlichen Auftrittes beim Regimentsrapport, als wir noch in Brünn waren?«

Nun entsann ich mich dessen sehr wohl, wollte

es aber nicht sofort merken lassen. »Ach ja«, sagte ich nach einer Weile, »du meinst die Geschichte wegen der Unterschriften?«

»Allerdings. Und ich kann dir jetzt gestehen, dass der Oberst mir gegenüber nicht ganz im Unrechte war – denn ich hatte mit jenem Gf in der Tat einen Doppelsinn verbunden.« Er legte die rechte Hand auf die Papiere und fuhr fort: »Ich habe nämlich Grund anzunehmen, dass ich aus einem alten adeligen Geschlechte stamme. Und zwar aus einem Grafengeschlechte, das seinen Sitz in Böhmen hatte, nach der Schlacht am Weißen Berge jedoch, in welcher es an der Seite des sogenannten Winterkönigs gekämpft, von Ferdinand dem Zweiten seiner Güter entsetzt und gezwungen worden war, das Land zu verlassen. Gewissen Traditionen zufolge waren es zwei Brüder, welche dieses Los getroffen. Der eine von ihnen hat sich, wie man glaubt, nach Sachsen gewendet, wo noch heute ein adeliges Geschlecht meines Namens blüht. Der zweite blieb verschollen. Gegen Ende des siebzehnten Jahrhunderts aber soll ein direkter Nachkomme von ihm – allerdings als bloßer Bürgerlicher – wieder in Österreich eingewandert sein, der sich auch wirklich *Burda* geschrieben hat. Schon mein Großvater war auf die mutmaßliche Deszendenz unserer Familie von diesem Manne aufmerksam gemacht und ermuntert worden, Nachforschungen einzuleiten.

Dies geschah, und die hier liegenden Schriftstücke sind das Resultat jener Bemühungen. Sie stellen auch den fraglichen Zusammenhang so ziemlich klar – allein über den Hauptpunkt: ob nämlich der erwähnte Einwanderer wirklich ein Nachkomme der verschollenen Grafen Burda gewesen ist, konnte leider nichts Bestimmtes ermittelt werden. Mein Großvater ließ also die Sache, welche mit nicht unbeträchtlichen Kosten verknüpft war, umso eher auf sich beruhen, als ja im besten Falle wohl der Grafentitel, keineswegs aber die Wiedererlangung der konfiszierten Güter erzielt werden konnte, welche in den Besitz anderer, zu jener Zeit treu gebliebener Adelsfamilien übergegangen waren. Mein Vater war nun schon gar nicht der Mann, eine solche Angelegenheit wieder aufzunehmen, und ich muss es als wahres Wunder betrachten, dass sich diese Papiere in seinem Nachlasse noch vorgefunden haben. Ich selbst legte sehr lange Zeit hindurch kein Gewicht darauf; erst nach und nach habe ich ihre Bedeutung kennengelernt – und jetzt, da sie mir unter den dir bekannten Umständen unschätzbar geworden, ist mein Entschluss zur Reife gediehen. Schon morgen sende ich das Ganze an einen jungen Historiographen ab, den ich in Brünn kennengelernt und welcher gegenwärtig am dortigen Landesarchiv in Verwendung steht. Ich hatte ihm schon damals einige Andeutungen gemacht, infolge deren er sich bereit erklärte, mir mithilfe seiner gelehrten Verbindungen an die Hand zu gehen. Vor allem, meinte er, wäre es geboten, mit den *von* Burda in Sachsen Fühlung zu nehmen und ein Einverständnis zu erzielen. Dann könnte es vielleicht unseren gemeinschaftlichen Bestrebungen gelingen, durch einen Gnadenakt der betreffenden Souveräne für beide Linien den Grafentitel, der mir ja selbstverständlich vollkommen genügen würde, zu erreichen.«

Ich war diesen Auseinandersetzungen mit wachsendem Erstaunen gefolgt und wusste fürs Erste nicht, was ich erwidern sollte. Einerseits lag die Sache nicht geradezu außerhalb all und jeder Möglichkeit; allein die Durchführung erschien mir mit Hinblick auf die damit verbundenen Schwierigkeiten ganz und gar illusorisch. Ich überlegte eben, wie ich dies in zartester Weise andeuten sollte, als mir Burda zuvorkam.

»Ich verkenne nicht«, fuhr er fort, »welche fast unübersteiglichen Hindernisse sich in den Weg stellen. Denn ganz abgesehen davon, dass sich der erwähnte Hauptpunkt wohl niemals ganz ins Klare wird setzen lassen, so ist es auch gewiss, dass man vonseiten jener Familien, in deren Reihen die Grafen Burda neuerdings aufzutauchen hätten, alles anwenden wird, um solche, wenn auch berechtigte Eindringlinge fernzuhalten. Und sie werden umso leichteres Spiel haben, als sich der betreffende Stammbaum leider nicht rein erhalten hat. Hingegen könnte freilich der Umstand, dass ich zu einigen, gegenwärtig sehr hervorragenden Adelsgeschlechtern – zum Beispiel mit den Y… und den Z… – infolge von Ehebündnissen, die vor Jahrhunderten geschlossen wurden, sogar in verwandtschaftliche Beziehungen treten würde – gerade dieser Umstand, sage ich, könnte vielleicht dazu beitragen, dass man vonseiten anderer hoher Persönlichkeiten, die du erraten wirst, fördernd in die Angelegenheit eingriffe und sie dem erfreulichsten Resultat zuführte.«

Es war erstaunlich, wie Burda sich alles und jedes zurechtlegte. Und in der Tat, wenn er sich hinsichtlich der Gefühle, die er der Prinzessin zumutete, nicht einer vollständigen Täuschung hingab, so erschienen seine Hoffnungen, so abenteuerlich sich diese ausnahmen, nicht ohne einen gewissen Haltpunkt. Ich hütete mich aber sehr, ihn darin zu bestärken, und sagte bloß: »Das wirft allerdings ein neues Licht auf die Sache, und wie immer auch der Erfolg sich gestalten möge, meiner besten Wünsche, meiner aufrichtigen Teilnahme kannst du gewiss sein.«

»Das bin ich«, antwortete er, mir herzlich die Hand drückend. »So wie deines unverbrüchlichen Schweigens.«

Er war aufgestanden, um die Papiere wieder zu versorgen; ich aber, da es mittlerweile spät geworden, empfahl mich und ging auf mein Zimmer. Im Bette liegend, dachte ich unwillkürlich über alle diese Mitteilungen nach und verfolgte die Fäden, die sich hier zu einem so wunderlichen luftigen Gewebe ineinanderschlangen. Als ich endlich einschlief, hatte ich verworrene Träume, in welchen die Gestalten Burdas und der Prinzessin aufs Seltsamste mit jenen meines romantischen Gedichtes zusammenflossen, das ich übrigens seither nicht wieder aufgenommen hatte.

IV

Weihnachten und Neujahr waren herangekommen. Ich hatte diese festliche Zeit fast ausschließlich im Kreise meiner nächsten Verwandten zugebracht, war daher mit Burda, der jetzt mehr als je seine eigenen Wege verfolgte, nur wenig zusammengetroffen. Erst der beginnende Karneval brachte uns einander wieder näher. Burda forderte mich nämlich eines Tages auf, mit ihm den Hofball zu besuchen, der demnächst stattfinden sollte und an welchem jeder Offizier teilnehmen konnte. »Du kannst dir wohl denken«, sagte er, »was mich dazu bestimmt. Die Prinzessin erscheint jedenfalls auch, und somit ist die erste, vorderhand einzig mögliche Gelegenheit zu persönlicher Annäherung geboten. Man wird es herbeizuführen wissen, dass ich vorgestellt werde – das Weitere findet sich dann. Im Übrigen ist es jedenfalls interessant, ein solches Fest in Augenschein zu nehmen.« Ich pflichtete bei, und wir trafen die nötigen Verabredungen.

Es war ein eisig kalter, dunkler Januarabend, als Burda und ich – wir hatten einen Fiaker genommen – in der Hofburg vorfuhren und die hell erleuchtete

Treppe hinanstiegen. Der Eintrittssaal war noch ziemlich leer; nur diensttuende Hofchargen, einige höhere Militärs – darunter auch der Adjutant des Fürsten L..., ein noch sehr junger, etwas stutzerhaft aussehender Major – und mehrere Staatsbeamte, welche Ordensritter waren, standen in kleine Gruppen verteilt. Nach und nach aber bewegte es sich immer zahlreicher durch die hohen, weit geöffneten Flügeltüren herein. Es glänzte und flimmerte von gold- und silbergestickten Uniformen, von Ordensbändern und Sternen; die Großwürdenträger des Reiches erschienen, darunter ungarische und polnische Magnaten in reicher, malerischer Nationaltracht. Endlich die Damen: ein blendendes Gewoge von Spitzen, Samt und Seide, von Blumen und Federn, von Diamanten und Perlen. Entblößte Nacken und Arme schimmerten; stolze, ausdrucksvolle Frauenköpfe tauchten auf, helle und dunkle Augen leuchteten, rosige Lippen lächelten Grüße zu. All das bewegte und drängte sich mehr oder minder rasch dem großen Saal entgegen, der erwartungsvoll die Zuströmenden aufnahm.

Die Prinzessinnen L... waren noch nicht erschienen, und schon begann das Antlitz Burdas, mit dem ich mich nahe am Eingang hielt, sich zu verfinstern – als sie in Begleitung einer älteren Dame von auffallender Hoheit in Gestalt und Blick hereintraten. Heute alle drei in duftiges, mit kleinen Silberflittern übersätes Weiß gekleidet, Maiglöckchen im Haar – ein entzückendes Bild jugendlicher Anmut und Frische. Diesmal konnte ich deutlich wahrnehmen, dass Burda sofort bemerkt wurde. Um die Lippen der beiden Älteren zuckte es eigentümlich, während die Jüngste – ich glaubte mich nicht zu täuschen – wie unmutig das Haupt abwandte und mit einer gewissen Hast dem Saale zustrebte.

Als nun auch wir ihn betraten, standen wir vor einer dichten Menge, die keinen Überblick gestattete, während der Schall der verworrenen Stimmen wie fernes Meeresbrausen an unser Ohr schlug. Plötzlich trat tiefe Stille ein, und die Massen teilten sich. Eine Tür hatte sich geöffnet, auf deren Schwelle der Zeremonienmeister erschien, das Nahen des Hofes ankündigend. Gleich darauf zeigte sich der jugendliche Monarch, der damals seine hohe Braut noch nicht heimgeführt hatte, eine Erzherzogin am Arm. Hinter ihnen die männlichen und weiblichen Familienmitglieder – dann der gesamte Hofstaat, mit dem Fürsten L… an der Spitze. Der Kaiser geleitete seine Dame nach der Balustrade, woselbst sie im Kreise der Übrigen Platz nahm. Gleich darauf erhob sich der Taktierstab des Kapellmeisters – und der Ball begann.

Sofort vollzog sich eine Bewegung im Saale. Die älteren Herren verließen ihn oder zogen sich in entfernte Ecken zurück, während die Tanzlustigen, so gut es anging, in der Nähe der Damen blieben, welche längs der Wände zu sitzen kamen.

Ich selbst hatte mich von Burda zurückgezogen und war mit mehreren andern in eine offene Verbindungstür getreten; von dort aus konnte ich den ganzen Saal überblicken, wo der Tanz bereits begonnen hatte. Bald fiel mir auch unter den walzenden Paaren die Prinzessin ins Auge, die mit einem blutjungen Dragoneroffizier von kleiner, aber zierlicher Gestalt lustig dahinflog. Ich spähte nach Burda und fand ihn an einem Pfeiler stehen, den er auch hier, hart an einem Spiegel, zu behaupten gewusst hatte. Wie ich ihn so betrachtete, der, ein Bild starrer Erwartung, vor sich hinblickte, kam mir seine Erscheinung weit weniger vornehm und anziehend vor als sonst; er wurde offenbar von der ganzen Umgebung in den Schatten gestellt. Auch fiel mir jetzt zum ersten Mal auf, dass seine Gesichtszüge eigentlich unbedeutend waren und dass er eine sehr kleine, gedrückte Stirn hatte.

Während ich so meine Betrachtungen anstellte, fühlte ich mich leicht an der Schulter berührt. Ich wendete mich um – und stand dem Adjutanten des Fürsten gegenüber.

»Dürfte ich Sie bitten«, sagte der Major sehr freundlich mit leiser Stimme, »mir einen Augenblick zu schenken, Herr Leutnant? Ich hätte ein paar Worte mit Ihnen zu sprechen.« Er fasste mich zuvorkommend unter dem Arm und führte mich in ein kleineres Nebengemach, wo ein vereinsamtes Büfett stand. Dort lud er mich zum Sitzen ein und begann, indem er mir vertraulich näher rückte: »Vor allem möchte ich Sie fragen, wie der große, schlanke Offizier heißt, welcher im Saale an einem Spiegelpfeiler steht. Sie werden wohl wissen, wen ich meine, da Sie, wenn ich nicht irre, in seiner Gesellschaft hier erschienen sind.«

Ich war begreiflicherweise gleich anfangs sehr betreten gewesen; nun aber suchte ich mich zu fassen und nannte mit möglichster Unbefangenheit den Namen Burdas.

»Und darf ich mir erlauben, weiter zu fragen, ob Sie mit diesem Herrn näher bekannt sind – das heißt, ob Sie mit ihm auf vertrautem Fuße stehen?«

Ich erwiderte, dass Burda mein Freund sei.

»Das ist mir lieb«, sagte der Major, indem er seine Hand leicht auf die meine legte. »Denn Sie können Ihrem Freunde auch einen wahren Freundschaftsdienst erweisen. Wollen Sie das?«

Diese Worte klangen höchst einschmeichelnd; aber mir ahnte nichts Gutes. »Gewiss bin ich bereit – und wenn Sie mir erklären wollen – –«

Er lehnte sich zurück und hustete leicht. »Nun«, begann er, »das Ganze ist von nicht allzu großer Bedeutung – aber immerhin eine delikate Angelegenheit. Ihrem Freunde hat es nämlich beliebt, an der jüngsten Tochter meines Chefs Wohlgefallen zu finden. Nun steht dies allerdings jedermann frei, besonders einem in jeder Hinsicht ausgezeichneten Offizier, wie dies Ihr Freund ohne Zweifel ist. Nur mit den Kundgebungen seines Wohlgefallens sollte er, in richtiger Erwägung der Umstände, etwas vorsichtiger sein. Dass er im Theater beständig nach der fürstlichen Loge blickt, möchte noch hingehen. Allein die Prinzessin kann seit einiger Zeit kaum mehr ans Fenster treten, ohne den Herrn Leutnant zu gewahren, der vor dem Palais auf und nieder schreitet; sie kann keinen Spaziergang unternehmen, ohne von ihm, wie von ihrem Schatten, gefolgt zu werden – ja selbst, wenn sie ausfährt, weiß es Ihr Freund so einzurichten, dass er beim Ein- und Aussteigen stets in der Nähe ist. Unlängst ist es sogar vorgekommen, dass, als der Wagen eine Zeit lang vor einem Juwelierladen hielt, eine Rose durch das offene Coupéfenster geworfen wurde. Im Anfang«, fuhr der Major mit ironischem Lächeln fort, »hat man die Sache nicht allzu übel aufgenommen. Sie wissen ja, junge Damen sind – wie soll ich nur sagen? – unter allen Umständen nicht ganz frei von einer gewissen Koketterie. Bald aber mokierte man sich – und jetzt, da bereits zum zweiten Male mit der Post anonyme Verse eingetroffen sind, in welchen die *licentia poetica* bis zum Äußersten getrieben wurde – jetzt fängt man an, diese fortgesetzten Huldigungen unerträglich zu finden, und hat sich bemüßigt gesehen, den durchlauchtigsten Papa ins Vertrauen zu ziehen. Dieser hat wieder mich beauftragt, die Sache in unauffälligster, schonendster Weise beizulegen, und ich selbst glaube am besten zu tun, wenn ich Sie jetzt herzlich bitte, Ihren Freund auf das Unstatthafte seines Benehmens aufmerksam zu machen.«

Da hatte ich nun, was ich vorausgesehen, und befand mich in größter Verlegenheit. »Sie werden nicht verkennen, Herr Major«, sagte ich nach einer Pause, »welch peinlichen Auftrag Sie mir da erteilen. Es fällt immer ein schiefes Licht auf denjenigen, der sich in fremde Angelegenheiten mischt, und oft wird gerade der wohlmeinendste Rat zur Beleidigung. Das aber habe ich meinem Freunde gegenüber zu befürchten, der in jeder Hinsicht von äußerster Empfindlichkeit ist. Da ich jedoch erkenne, dass ihm jedenfalls ein Wink gegeben werden muss, so werde ich es trotzdem versuchen, wenn ich auch – und ich bitte dies wohl zu beachten – für den Erfolg nicht einstehen kann.«

»Gewiss, das können Sie nicht«, sagte der Major, indem er aufstand. »Aber ich lege Ihnen die Sache noch einmal ans Herz; denn ich würde es aufrichtig bedauern, wenn ich gezwungen wäre, andere Wege einzuschlagen.«

Er hatte bei diesen Worten eine etwas strenge

Miene angenommen und reichte mir die Hand zum Abschied.

Den unerquicklichsten Gedanken und Empfindungen überlassen, ging ich noch eine Weile auf dem glatten Fußgetäfel des stillen Raumes auf und nieder, in welchen die Tanzmusik, leicht gedämpft, herüberdrang. Da war denn der leuchtende Traum Burdas zerflossen und hatte einer höchst unangenehmen Wirklichkeit Platz gemacht! Was sollte ich nun tun? Wie dem Verblendeten die Augen öffnen, um ihn vor dem Fluch der Lächerlichkeit – und vielleicht vor noch Schlimmerem zu bewahren? Ich trat an das Büfett und trank ein Glas Limonade, ohne den Süßigkeiten Beachtung zu schenken, die vor mir in allen Formen und Farben aufgehäuft waren. Dann machte ich mich wieder auf den Weg nach dem Saale, wo eben eine Française zu Ende ging. Wie ich bemerken konnte, hatte die Prinzessin auch diese mit dem jungen Dragoneroffizier getanzt, dessen zartes, fast mädchenhaftes Gesicht sehr erhitzt aussah. Als sich jetzt die Reihen lösten und die Paare Arm in Arm nach rechts und links auseinanderbogen, verließ eine Schar von Zusehern den Saal, darunter auch Burda, der kreidebleich war und mich kaum erkannte, als ich jetzt auf ihn zuging.

»Ah, du bist's!«, sagte er endlich. »Wo hast du denn gesteckt?«

»Ich war in einem Nebenzimmer, wo ich mich nach einigen Erfrischungen umgesehen hatte.«

»Und sonst – wie unterhältst du dich?«, fragte er zerstreut.

»So ziemlich. Und du?«

»Oh, gut, ganz gut! Aber ich gehe jetzt.«

»Schon jetzt?«

»Ja; ich habe Kopfschmerzen – mir war den ganzen Tag nicht recht wohl – –«

»Nun, dann gehe ich gleich mit. Ich habe hier auch nichts mehr zu suchen.«

Ich konnte bemerken, dass ihm meine Begleitung sehr unangenehm war. Aber ich kehrte mich diesmal nicht daran. Er hatte sich offenbar in seinen Erwartungen getäuscht gesehen, war tief verstimmt – und so nahm ich mir vor, an seiner Seite zu bleiben und das Eisen zu schmieden, solange es noch glühte.

Auf der Straße angelangt, schlug er den Kragen seines Mantels hinauf und eilte so rasch über den Josefsplatz, dass ich Mühe hatte, ihm zu folgen.

»Warum läufst du denn so?«, rief ich ihm zu.

»Du hast doch gehört, dass ich Kopfschmerzen habe«, erwiderte er zornig, ohne mich anzusehen. »Ich will bald zu Hause sein.«

»Du bist übler Laune«, sagte ich. »Dir ist etwas Unangenehmes begegnet.«

»Mir? Wieso? Warum?«

»Ich weiß es«, erwiderte ich fest. »Man hat sich auf dem Balle nicht umsonst deinetwegen an mich gewendet.«

Er blieb wie versteinert stehen. »An dich? Meinetwegen? Was willst du damit sagen?«, fragte er mit bebender Stimme.

Und nun teilte ich ihm, während wir weiterschritten, das Gespräch mit dem Major mit. Um ihn fürs Erste möglichst zu schonen, streifte ich den heikelsten Punkt, nämlich den Unwillen der Prinzessin, nur flüchtig und legte das Hauptgewicht auf den Fürsten und auf den Auftrag, den dieser seinem Adjutanten erteilt hatte.

Aber der Erfolg war ein ganz anderer, als ich vorausgesetzt. Bei jedem Worte, das ich sprach, schien er freier und leichter aufzuatmen; sein Antlitz erhellte sich – und plötzlich rief er mit triumphierendem Lachen: »Also *das* ist es? *Das!*«

Ich sah ihn verwundert an.

»Also deswegen«, fuhr er fort, »hat sie mich heute wie absichtlich keines Blickes gewürdigt? Deshalb hat sie in einem fort mit diesem jungen Laffen, dem Prinzen A…, getanzt?! Oh, lieber Freund, ich könnte dich für deine Mitteilung umarmen!« Und damit schritt er, sich froh in die Brust werfend, dahin.

»Aber lieber Freund, bedenke doch –«, sagte ich ernst.

»Nein! Nein! Kein Wort mehr, ich weiß genug. Es kann sein, dass ich mich in letzter Zeit etwas unvorsichtig benommen; vielleicht hat sich die Prinzessin selbst unklugerweise irgendwie verraten – und nun, da man merkt, wie es steht, will man mich ins Bockshorn jagen. Oh, ich kenne das!«

Ich war äußerst unzufrieden mit mir und verwünschte es, dass ich so rücksichtsvoll vorgegangen. Ich hätte alles geradezu heraussagen sollen; denn nun hatte ich ihn gewissermaßen selbst zu dieser irrigen Auffassung verleitet. Diesen Fehler suchte ich wiedergutzumachen, indem ich sagte: »Du bist im Irrtum und sollst daher rundweg erfahren, dass sich die Prinzessin bei ihrem Vater über dein Vorgehen beschwert hat.«

Er lachte laut auf. »Das ist die rechte Höhe! Verzeih, lieber Freund, du bist in der Tat ein höchst naiver Mensch. Begreifst du denn nicht, dass man jetzt vor allem trachten muss, mich *ihr* gegenüber zu entmutigen? Nein, nein, mein Teurer! Bemühe dich nicht! Wie gesagt: Ich weiß genug. Das Weitere wird meine Sache sein. Aber nun fühle ich das Bedürfnis, allein zu bleiben. Du wirst mich entschuldigen. Adieu! Schlaf wohl!« Und er ließ mich an der Ecke der Singerstraße, wo wir eben angelangt waren, stehen und bewegte sich raschen Ganges mit stolz erhobenem Haupte dem Stephansplatze zu.

Ich ging langsam nach Hause. Je länger ich über das Vorgefallene nachdachte, desto mehr kam ich zur Einsicht, dass ich ein solches Ergebnis hätte erwarten können. Er hatte sich in seine fixen Ideen dermaßen verrannt, dass nur der allerunsanfteste Zusammenstoß mit der Wirklichkeit ihn zur Besinnung bringen konnte. Mochte dieser Zusammenstoß erfolgen! Ich hatte das Meinige getan, und Burda musste sich die Folgen selbst zuschreiben, wenn er meine Ermahnungen in den Wind schlug. – –

*

Seitdem waren kaum zwei Tage verstrichen, als er, der mir inzwischen sichtlich ausgewichen war, nach flüchtigem Pochen an die Tür in mein Zimmer stürzte. »Nun, was sagst du dazu?«, rief er, indem er ein kleines bedrucktes Blättchen vor mich hin auf den Tisch schnellte. »Lies!«

Es war ein Zeitungsausschnitt, der ein Inserat enthielt. Es lautete:

Tellheim.
Wir werden beobachtet. Äußerste Vorsicht geboten. Hoffe und vertraue!
Unveränderlich
F.

»Nun«, drängte er, »verstehst du? Begreifst du?«

»Was soll ich denn verstehen?«, fragte ich, ihn zweifelhaft anblickend.

»Nun, so will ich denn deiner Fassungskraft zu Hilfe kommen. *Tellheim* – damit bin ich gemeint. *Wir werden beobachtet* – geht dir noch immer kein Licht auf? *Äußerste Vorsicht geboten* – werde ich mir nicht zweimal sagen lassen. *Hoffe und vertraue! Unveränderlich F.* – Fanny. Du weißt doch, dass die Prinzessin Fanny heißt?«

»Also du glaubst –?«, rief ich, außer mir vor Erstaunen über diese neue Phase seines Wahnes. »Aus welcher Zeitung ist das?«

»Aus dem Fremdenblatt.« Dieses Journal wurde damals in den weitesten Kreisen gelesen und war so ziemlich das erste, das sich mit derlei Einrückungen befasste.

»Du setzest wirklich voraus, dass die Prinzessin sich an das Ankündigungsbüro des Fremdenblattes –«

»Warum nicht?«, unterbrach er mich rau. »Es gibt doch vertraute Zofen, die man mit derlei beauftragen kann.«

»Je nun – in Romanen. Aber selbst angenommen, dass man sich einer solchen Vermittlerin bedient, so wäre es doch weit einfacher – und auch weit besser gewesen, wenn man dir geschrieben hätte.«

Er stutzte. »Vielleicht«, erwiderte er verwirrt.

»Und sie würde mir auch gewiss geschrieben haben«, setzte er, froh eine Ausflucht vor sich selbst zu finden, rasch hinzu, »wenn sie meinen Namen wüsste.«

»An deiner Stelle würde ich es sehr sonderbar finden, dass dies noch nicht der Fall ist. Es wäre doch sehr leicht gewesen, deinen Namen zu erfahren.«

»Allerdings«, bekräftigte er, ärgerlich darüber, dass ich ihn in diese Klemme gebracht. Aber schon zeigte er sich von einer plötzlichen Eingebung erleuchtet. »Und man wird ihn auch wissen. Aber Geschriebenes bleibt nun einmal Geschriebenes und kann sich unter Umständen zu einem gefährlichen, weil verräterischen Dokumente gestalten, während ein solches Inserat immer und ewig nur dem Eingeweihten verständlich bleibt. Ich sehe übrigens«, fuhr er mit zusammengezogenen Brauen kühl und gemessen fort, »dass du dich, um mir nicht zustimmen zu müssen, gewaltsam gegen diese sprechende Tatsache verstockst. Ich finde dies, nachdem dich der Major ins Vertrauen gezogen, auch sehr begreiflich. Du kannst übrigens in dieser Hinsicht vollkommen beruhigt sein. Denn insoweit kennst du mich wohl, dass ich der Mann bin, der nunmehr, nach allem, was da vorgefallen, die äußerste Zurückhaltung beobachten wird. Daher auch diese ganze Angelegenheit zwischen uns beiden von heute an nicht mehr zur Sprache kommen soll.« Er verbeugte sich sehr förmlich und ging aus dem Zimmer.

Mochte er gehen! Wenn er nunmehr vollkommene Zurückhaltung bewahrte, so war dies gut für ihn, erwünscht für diejenigen, die seinen Kundgebungen ausgesetzt gewesen. Der Zweck meiner Mission war erfüllt. Im Übrigen konnte die Sache auf sich beruhen.

V

Seit jenem Tage war zwischen mir und Burda eine Entfremdung eingetreten; wir trafen nur bei unvermeidlichen Anlässen zusammen und sprachen dann über gleichgültige Dinge. Dazu kam noch, dass ich zu einer dienstlichen Verwendung bestimmt wurde, die mich eine Zeit lang von Wien ferne hielt, und so war bereits der Frühling im Anzug, als ich wieder dorthin zurückkehrte.

Nicht ohne Unbehagen hatte ich meinem ersten Zusammentreffen mit Burda entgegengesehen und war daher nicht wenig erstaunt, als er mich bei dem Besuche, den ich ihm doch abstatten musste, sehr herzlich empfing.

»Lieber Freund«, sagte er mit einer gewissen Wehmut, indem er die Arme ausbreitete, »ich freue mich unendlich, dich wiederzusehen. Offen gestanden, ich habe mich während deiner Abwesenheit sehr vereinsamt gefühlt. Allerdings«, fuhr er leicht errötend fort, »durch eigene Schuld. Wir hätten ja wenigstens in brieflichem Verkehr bleiben können, wenn ich nicht damals durch mein schroffes Benehmen -- Nun, Geschehenes lässt sich nicht ungeschehen machen, und ich kann dich nur bitten, zu vergeben und zu vergessen.«

Ich versicherte, dass dies längst der Fall sei.

»Ich weiß, ich weiß, du bist ein guter, vortrefflicher Mensch – der einzige, dem ich mich anvertrauen konnte – und noch anvertrauen kann. Daher habe ich auch dein Eintreffen mit Sehnsucht erwartet. Denn du bist jetzt in der Lage, mir einen außerordentlichen Freundschaftsdienst zu erweisen. Ich habe nämlich«, fuhr er etwas kleinlaut fort, »die Dame, die ich dir ja nicht erst zu nennen brauche, schon lange – schon sehr lange nicht mehr gesehen. Du kannst dir meine Bestürzung vorstellen, als sie aufhörte, im Theater zu erscheinen. Da sich aber endlich auch ihre Schwestern nicht mehr in der Loge zeigten, so schloss ich auf irgendeinen besonderen Umstand – und hatte auch das Richtige getroffen. Denn wie ich durch einen günstigen Zufall – nachzuforschen wagte ich ja nicht – in Erfahrung gebracht, waren im fürstlichen Hause die Masern ausgebrochen, an welchen sämtliche Töchter daniederlagen. Nun aber sind die beiden älteren längst wieder gesund, und man erblickt sie nach wie vor im Theater – nur die jüngste bleibt unsichtbar. Meine Besorgnis ist also umso mehr zum Äußersten gediehen, als ich bei der Vorsicht, die mir, wie du weißt, zur Pflicht gemacht wurde, für meine Person keinerlei Erkundigungen einziehen kann.

Du aber hast hier in bürgerlichen Kreisen Freunde, Verwandte und Bekannte, und es dürfte nicht auffallen, wenn einer beim Portier Nachfrage hielte.«

Da dies leicht zu bewerkstelligen war, so sagte ich zu und konnte ihm auch schon binnen Kurzem mitteilen, dass die Prinzessin noch immer an einem Folgeübel der Masern leide, aber baldiger Genesung entgegensehe, eine Nachricht, die Burda mit melancholischer Freude aufnahm.

Inzwischen war es wirklich Frühling geworden. Die Bäume auf dem Glacis hatten Knospen und Blätter getrieben, der Rasen schimmerte in zartem Grün, und die Feierlichkeiten, welche zu jener Zeit anlässlich der kaiserlichen Vermählung stattfanden, waren von herrlichstem Wetter begünstigt. Aber nebenher war auch die orientalische Frage wieder einmal eine brennende geworden, und schon hatten sich die diplomatischen Fäden jener europäischen Verwickelungen angesponnen, welche später mit dem Krimfeldzuge und durch die Einnahme von Sebastopol einen vorläufigen Abschluss finden sollten. Auch Österreich musste inmitten der allgemeinen Rüstungen Stellung nehmen und schob Observationstruppen an die nördlichen und südöstlichen Grenzen des Reiches vor. Infolgedessen wurden einige Regimenter auf den Kriegsstand gesetzt, so auch unseres, indem es gleichzeitig Marschbereitschaft erhielt, um, wie der Befehl lautete, vorläufig in Böhmen Standquartiere zu nehmen. Diese kriegerischen Aussichten wurden von den Offizieren mit begeistertem Jubel begrüßt, und auch Burda würde mit eingestimmt haben, wenn ihn nebstbei nicht der Gedanke betrübt und gequält hätte, dass er jetzt die Prinzessin kaum mehr würde sehen können – und dass er sie, wie er sich ausdrückte, in einer doppelt ungewissen und schmerzlichen Lage zurücklasse.

Der Tag des Abmarsches kam heran. Am Abend vorher bat mich Burda, noch einmal mit ihm ins Burgtheater zu gehen. »Du wirst sehen«, sagte er, »sie kommt heute. Etwas in meinem Inneren deutet darauf hin. Sie wird unter allen Umständen erfahren haben, dass das Regiment morgen marschiert – und wird das Möglichste daransetzen, mir wenigstens einen Scheideblick spenden zu können.«

Ich hatte mich schon gewöhnt, auf derlei Reden kein Gewicht mehr zu legen. Ich bestärkte ihn weder in seinen Voraussetzungen, noch entmutigte ich ihn; ich hörte mit einem gewissen teilnahmsvollen Schweigen zu, das er sich auslegen mochte, wie er wollte. Übrigens hatte er selbst seine frühere Empfindlichkeit und Reizbarkeit verloren; er war weich und hingebend geworden. Es war ihm offenbar nur mehr darum zu tun, jemanden zu haben, dem er seine Gedanken und Gefühle aussprechen konnte, unbekümmert, ob man zustimme oder nicht.

Es wurden drei kleine Stücke gegeben. Während des ersten blieb die Loge leer; bei Beginn des zweiten aber – ich traute kaum meinen Augen – erschien wirklich die Prinzessin. Und zwar ganz schwarz gekleidet – und allein. Das heißt, so gut wie allein. Denn die Dame, welche neben ihr Platz nahm, war ohne Zweifel ein Gesellschaftsfräulein oder Ähnliches.

Burda stieß mich leicht an; denn sagen konnte er nichts in dem Gedränge, das uns umgab.

Ich blickte nach der Prinzessin. Sie sah auffallend bleich und angegriffen aus. In der Hand hielt sie einen kleinen Veilchenstrauß, welchen sie von Zeit zu Zeit, den Duft einatmend, nahe vor das Antlitz brachte.

Nachdem das Stück zu Ende gegangen war, erhob sie sich mit allen Zeichen der Ermüdung und verschwand samt ihrer Begleiterin.

Da jetzt in der Zwischenpause um uns her einige Bewegung entstand, flüsterte mir Burda zu: »Ich glaube, man ist fort. Wir wollen noch den Beginn des letzten Stückes abwarten, dann gehen wir auch.«

Wir schoben uns, um später keine Störung zu verursachen, näher dem Ausgange zu, und da die Loge wirklich leer blieb, entfernten wir uns schon nach den ersten Szenen, die nun auf der Bühne folgten.

Nachdem wir unsere Mäntel genommen hatten,

blieb Burda im leeren Foyer stehen. »Nun, habe ich richtig geahnt?«

Ich wusste nicht, was ich erwidern sollte.

»Man sah, wie leidend sie noch immer ist«, fuhr er fort. »Welche Überwindung muss es ihr gekostet haben, das Theater zu besuchen. Und was sagst du dazu, dass sie in Trauer erschienen ist?«

»Das kann ein Zufall sein«, sagte ich, fast zornig gegen eine Annahme kämpfend, die, ich muss es gestehen, unwillkürlich in mir selbst aufgetaucht war. »Vielleicht ein entfernter Todesfall in der Familie – oder eine Hoftrauer, deren Ansage uns nicht mehr zugekommen ist.«

»Möglich«, warf er leicht hin, meiner Meinung sorgfältig ausweichend. »Aber was ist das?«, fuhr er fort, indem er mit der Hand seine linke Brustseite betastete. Dann knöpfte er rasch seinen Mantel auf und zog aus der inwendig angebrachten Tasche einen Veilchenstrauß hervor, den er anfänglich selbst mit ungläubiger Überraschung betrachtete. Endlich aber richtete er sich hoch empor und sagte, indem er mir die Blumen entgegenhielt, sehr ernst: »Lieber Freund, ich rede jetzt nichts mehr. Du hast, dessen bin ich sicher, diese Veilchen in der Hand der Prinzessin gesehen – und nun finde ich sie in meiner Brusttasche. Leb' wohl! Ich darf dich nicht länger deinen Angehörigen, von welchen du wohl noch Abschied wirst nehmen wollen, entziehen und danke dir für deine Begleitung.« Damit reichte er mir die Hand und ging.

Ich war betroffen und verwirrt. Sollten diese Veilchen wirklich …? Doch nein! Es war ein Strauß wie jeder andere von den vielen Hunderten, welche um diese Jahreszeit an allen Straßenecken feilgeboten wurden. Musste es also gerade derjenige sein, den die Prinzessin …

Dem will ich auf den Grund kommen, sagte ich zu mir selbst und kehrte nach einigen Schritten, die ich schon auf die Straße hinausgetan, wieder um, um mich in die Garderobe zu begeben. Der eine von den beiden Wärtern, ein schmächtiges, grauhaariges Männchen, das gewöhnlich die Offiziere zu bedienen pflegte, war eben auf seinem Stuhl sanft eingenickt. Bei meinem Erscheinen fuhr er empor.

Ich trat vertraulich auf ihn zu und fragte:

»Erinnern Sie sich des Offiziers, der gerade vorhin mit mir wegging?«

Der Alte sah mich immer noch etwas schlaftrunken an; dann rief er: »Oh gewiss! Wie sollt' ich nicht? Der große Herr Leutnant, den kenn' ich sehr gut.«

Ich hatte dies erwartet. Denn Burda, wenn auch im Allgemeinen sehr haushälterisch, liebte es doch, sich solchen Leuten gegenüber äußerst freigebig zu erweisen.

»Nun also, dann können Sie mir vielleicht auch

sagen, auf welche Art ein Veilchenbouquet in die Manteltasche des Herrn Leutnant gekommen ist?«

»Veilchenbouquet? In die Tasche des Herrn Leutnant!?«, rief der Alte und schlug fast die Hände über den Kopf zusammen. Dann wühlte er verzweifelt in den Militärmänteln, welche dicht übereinander an der Wand des schmalen Raumes hingen. »Richtig! Richtig!«, stöhnte er; »da hab' ich eine schöne Konfusion gemacht!«

»Wieso?«

»Nun sehen Sie: Das Bouquet war von einer Dame im zweiten Parterre – nicht mehr jung – aber interessant, sehr interessant. Sie hatte mich gebeten, es einem Hauptmann vom Regiment Alexander – Sie kennen ihn vielleicht – den mit dem ungeheuren Schnurrbart – in die Tasche zu praktizieren. Nun hat er auch solche Aufschläge – wenn auch mehr orangegelb – aber so bei Nacht – und der Mantel des Herrn Leutnant hing gleich neben dem seinen – und da – –« Er vollendete nicht und machte nur bezeichnende Gebärden des Verwechselns.

»Nun, nun«, sagte ich, »nehmen Sie die Sache nicht so tragisch. Es braucht ja weder der Hauptmann noch die interessante Dame davon zu erfahren. Und sollte man Sie wirklich zur Rede stellen, so können Sie Ihr Versehen ruhig eingestehen; es war ja kein Verbrechen. Nehmen Sie dies zu einstweiligem Trost.«

Er empfing das Gereichte mit einem devoten Knicks, zeigte aber nichtsdestoweniger immer noch große Unruhe.

Das also war herausgebracht. Aber wie stand es mit der schwarzen Kleidung? Gewiss ebenso wie damals mit der gelben Toilette, die man offenbar ganz zufällig gewählt, da man sich in der Absicht, nach dem Theater mit dem Fürsten eine Gesellschaft zu besuchen, anders gekleidet hatte als die Schwestern. So dachte ich, als ich mich wieder auf der Straße befand. Da durchzuckte es mich. Die Prinzessin hatte das Burgtheater besucht – wie nun, wenn die beiden andern sich in der Oper befänden, wo eben italienische Stagione war und die Medori ihre Triumphe feierte? Da müsste sich zeigen, was es mit der Trauer auf sich habe!

Es war noch nicht allzu spät, und so eilte ich in das andere Theater hinüber. Man gab Verdis *Ernani.* Das Haus war überfüllt; die Türen des Parterres standen zu beiden Seiten offen, um auf dem Gange für diejenigen Raum zu schaffen, welche, um wenigstens zu hören, auf das Sehen verzichteten. Ich versuchte mich durchzudrängen, unbekümmert darum, dass meine Rücksichtslosigkeit Zeichen der Missbilligung hervorrief. Indes konnte ich nicht weit gelangen. Die Bühne sowie die rechte Seite des Theaters blieben mir durchaus verschlossen, nur die linke konnte ich ins Auge fassen. Dort aber, in einer kleinen Proszeniumsloge, saßen auch die zwei Prinzessinnen in Gesellschaft jener älteren Dame, die mit ihnen auf dem Hofball gewesen – und zwar alle schwarz gekleidet. Meine Vermutung hatte mich also nicht getäuscht: eine Familientrauer, wenn auch um kein nahes Mitglied, sonst würde man wohl das Theater gar nicht besucht haben. Ich war zufriedengestellt und entfernte mich, ohne auf den Todesgesang Ernanis zu achten, der jetzt hinter meinem Rücken stürmischen Applaus entfesselte.

Also auch *hierüber* befand ich mich nun im Klaren und dachte nur noch, während ich meines Weges ging, darüber nach, was die Prinzessin ins Burgtheater geführt haben mochte. Ganz einfach der Umstand, dass für sie in jener Proszeniumsloge kein Platz gewesen. Oder noch wahrscheinlicher: Sie wollte nach längerer Krankheit zum ersten Mal wieder das Theater besuchen und hatte ein kleines, heiteres Stück, das sie vielleicht besonders gerne sah, einer lärmenden Oper vorgezogen. Der letzte Faden von Burdas Hirngespinst zerflatterte. Und dennoch konnte ich diesmal nicht über ihn lächeln. Vielmehr überkam mich eine tiefernste, fast traurige Stimmung. Musste ich mir doch sagen, dass, von seinem Standpunkt aus betrachtet, in allen diesen Zufällen ein Schein der Absichtlichkeit lag; ich selbst war ja einen Augenblick wieder an meinen Überzeugungen irre geworden. Es sah fast aus, als hätte sich das Schicksal vorgesetzt, mit ihm ein grausames Spiel zu treiben. – –

Am folgenden Tage, morgens acht Uhr, marschierten wir ab. Als wir die Franzensbrücke überschritten hatten und uns dem Bahnhofe näherten, stauten sich am Ende der Jägerzeile einige Wagen, von der vorüberziehenden Truppe aufgehalten. Jetzt rollte auch ein Fiaker heran, der rasch seine Pferde zum Stehen brachte. Soviel man bemerken konnte – auf einer Seite war der Vorhang zur Hälfte herabgelassen –, saß in dem eleganten Coupé eine dunkel gekleidete Dame. Ich sah, wie Burda, der nicht weit vor mir in den Reihen dahinschritt, plötzlich zusammenzuckte, dann gegen alle Vorschrift heraustrat und sich gegen den Fiaker umwendete. Wie? Sollte er am Ende glauben, dass die Prinzessin hierhergefahren kam, um ihn noch einmal zu sehen? Gewiss, das war seine Meinung. Immerhin! Mochte er sich noch an dieser Täuschung erfreuen, es ist ohnehin die letzte. Aber es war anders beschlossen.

VI

Das Regiment hatte die Kantonierungsstationen in Böhmen bezogen. Der Stab befand sich mit einem Bataillon in einer ansehnlichen Kreisstadt, alles Übrige war in größeren oder kleineren Ortschaften verteilt. Die Kompagnie, bei welcher Burda – der mittlerweile zum Oberleutnant vorgerückt war – und ich standen, hatte einen Marktflecken in der Nähe einer Bahnstation zugewiesen erhalten. Die Gegend war nicht ohne Anmut. Wohlbebaute Felder, saftige Wiesen wechselten mit sanften, schön bewaldeten Höhen ab. Auch war ein großes, gut gehaltenes Wirtshaus vorhanden, wo wir beide – den Hauptmann hatte der Bürgermeister in Quartier genommen – ein ganz behagliches Unterkommen fanden. Am äußersten Ende des Fleckens führte, nach der Seite abzweigend, eine stattliche Lindenallee zu einem kleinen Schlosse empor, das ganz wie ein mittelalterliches Kastell aussah. Die Ringmauer und der runde, aus mächtigen Quadern aufgeführte Turm, der in einer weiten Plattform endigte, stammten gewiss aus jener Zeit und waren mit sichtlicher Sorgfalt wohlerhalten worden; auch alles später Hinzugebaute zeigte sich den Resten der Vergangenheit möglichst angepasst. Dieses Schloss gehörte der reich begüterten gräflichen Familie M... und wurde früher nur bei herbstlichen Jagdausflügen benützt; jetzt aber war es von einem jungen Paare bewohnt. Ein jüngerer Sohn des Hauses hatte sich nämlich im Laufe des Winters vermählt und es einer Hochzeitsreise vorgezogen, mit seiner Gattin die Honigmonde in dieser ländlichen Zurückgezogenheit zu verbringen. Man erzählte allerlei von dem abgeschlossenen, menschenscheuen Leben der Neuvermählten. In der ersten Zeit habe man sie gar nicht zu Gesicht bekommen; erst jetzt, da besseres Wetter eingetreten, könne man sie hin und wieder zu Pferd oder zu Wagen sehen, jedoch immer vereint, wie unzertrennlich, und es wurde sogar behauptet, dass die junge Gräfin, amazonenhaft geschürzt, ihren Gatten auf jedem seiner Birschgänge begleite. An uns selbst waren die beiden, als eben eine Kompagnieübung stattfand, in einem leichten Jagdwagen, der mit vier kleinen, von der Gräfin selbst gelenkten Schecken bespannt war, vorübergefahren. Burda hatte bei dieser Gelegenheit die Bemerkung hingeworfen, dass es eigentlich der Anstand erfordere, im Schlosse eine Visite abzustatten – und zwar *in corpore*. Unser Hauptmann aber, eine etwas derbe Natur, hatte darauf erwidert, das würde so aussehen, als wolle man sich aufdrängen. Man dürfe sich um diese Aristokraten nicht eher kümmern, als bis sie selbst von den kaiserlichen Offizieren, die wir seien, Notiz genommen.

Auf Burda jedoch übte das Schloss immer stärkere Anziehungskraft aus. Er umschritt es bei jedem unserer gemeinsamen Spaziergänge in immer engeren Kreisen und liebte es, von einer nahen Anhöhe herab auf die geheimnisvollen Baumwipfel des Parkes zu blicken, der sich, nicht allzu ausgedehnt, dem Walde entgegenzog.

»Ach!«, rief er eines Abends, als eben die Sonne versank und ihr letztes Gold am Horizont aufflammen ließ, »ach, welch ein Glück, mit der Königin seines Herzens in so stolzer Abgeschiedenheit hausen zu können!« Dann nach einer Pause und mit dem Arme einen Kreis in der Luft beschreibend: »Wer weiß, ob nicht einer meiner Vorfahren einst über diesen Boden geherrscht hat? Aber was nützt es mir?«, schloss er achselzuckend mit einem leichten Seufzer.

Ein Schweigen trat ein.

»Aber weißt du«, sagte er plötzlich, indem er wieder das Schloss ins Auge fasste, »dass eines Tages die Prinzessin hierherkommen könnte?«

Ich sah ihn so überrascht an, dass es ihn, wäre er noch der Frühere gewesen, tief würde verletzt haben. Aber nun achtete er kaum darauf und fuhr gewissermaßen im Selbstgespräch fort: »Wenn ich nicht irre, so sind die M… mit den L… irgendwie verschwägert. Und da wäre es denn auch – sobald man meinen Aufenthaltsort erfahren hat – nicht allzu schwer, einen Besuch ins Werk zu setzen. Jedenfalls leichter, als damals allein in der Loge zu erscheinen – und sich morgens darauf an der Nordbahn zu zeigen.«

Ich hatte mich inzwischen gefasst und erinnert, dass ich über nichts mehr zu staunen habe.

»Je nun«, sagte ich, »es ist immerhin möglich.«

Am folgenden Nachmittag saßen wir auf der Bank vor dem Wirtshause, rauchten unsere Tschibuke und blickten dabei, ziemlich gelangweilt, auf eine große, teichähnliche Pfütze, die sich auf dem Marktplatze ausbreitete, und an deren Rande sich eine Schar schneeweißer Gänse ruhig sonnte.

Plötzlich vernahm man das Geräusch nahender Wagen, und bald darauf kamen zwei Gefährte in Sicht. In dem ersten, einem geräumigen Landauer, saß das gräfliche Paar tief zurückgelehnt, während die leichte Kalesche, die knapp dahinterfuhr, sich leer zeigte. Man jagte so rasch vorbei, dass das harmlose Geflügel, wild aufgescheucht, mit lautem Kreischen und Schnattern in die Pfütze hinein flüchtete.

»Da wird jemand von der Bahn geholt«, sagte Burda, seine Uhr hervorziehend. »Es ist jetzt halb drei, in einer Viertelstunde kommt der Zug. Ich bin neugierig, wer da eintreffen wird.«

Wir blieben sitzen. Nach einer Weile vernahmen wir den fernen Signalpfiff, das Näherbrausen des Zuges – und es dauerte nicht lange, so kamen die beiden Wagen wieder zurückgefahren. Neben der Gräfin saß jetzt eine junge Dame, in welcher, obgleich sie das Antlitz mit einem blauen Reiseschleier verhüllt hatte, sofort die Prinzessin zu erkennen war. Der Graf nahm mit einer anderen Dame – derjenigen, welche damals mit in der Loge erschienen war – den Vordersitz ein. In der Kalesche hatte eine hübsche Zofe Platz genommen, die, von Koffern und Schachteln umgeben, mit lebhaften Augen ziemlich herausfordernd um sich blickte.

Burda hatte den ausgebrannten Tschibuk sinken lassen. Jetzt erhob er sich und ging, ohne ein Wort zu sagen, in sein Zimmer hinauf. Ich war darüber sehr froh, denn dass die Prinzessin nun in der Tat erschienen, hatte mich derart aus der Fassung gebracht, dass ich in Verlegenheit gewesen wäre, irgendeine Meinung zu äußern.

Das ist denn doch höchst merkwürdig!, sagte ich zu mir selbst, als ich jetzt allein war und mich anschickte, einer mir obliegenden dienstlichen Verrichtung nachzukommen. Dabei ging mir dieser neue Zufall – denn was anderes konnte es sein? – beständig im Kopfe herum. Die Sache bekam nunmehr, ganz objektiv betrachtet, ein eigentümliches Interesse, und ich war neugierig, was aus dieser unvermuteten Komplikation entstehen würde.

Als ich später wieder dem Wirtshause zuschritt, sah ich, wie eben ein wohlgenährter Lakai mit glattrasiertem Doppelkinn und einer leichten Mütze auf dem Kopfe sich näherte. Er kam offenbar aus dem Schlosse und trat jetzt in die Schankstube, deren Fenster offen standen, sodass ich vernehmen konnte, wie er von einigen Gästen, die drinnen beim Bier saßen, laut begrüßt wurde.

»Ah, Herr Georg!«, rief einer. »Lassen Sie sich auch wieder einmal sehen!«

Ich konnte nicht verstehen, was der also Empfangene erwiderte. Ich vernahm eigentlich nur ein hastiges Schlucken und Gurgeln, dann wurde ein Glas auf den Schenktisch gestoßen.

»Sie haben ja Besuch bekommen!«, hieß es weiter.

Nunmehr hörte ich, wie der Lakai sagte: »Freilich. Die Prinzessin L..., die beste Freundin unserer Gräfin. Schon vor sechs Wochen hätte sie kommen sollen, um dann später mit uns nach Italien zu reisen. Stattdessen ist sie krank geworden. Wer weiß, ob jetzt noch etwas aus der Reise wird. Ein Glück wär's, denn es ist nicht mehr auszuhalten in dem Nest!«

Nach diesem für die Eingeborenen nicht sehr schmeichelhaften Ausspruch stürzte er, wie ich, ein wenig durchs Fenster blickend, bemerken konnte, ein zweites Glas hinunter und suchte nach kleiner Münze, um seine Zeche zu bezahlen.

»Sie wollen schon wieder fort!?«

»Ich muss zur Bahn laufen und telegraphieren lassen. Es ist eine Schachtel im Coupé vergessen worden. So geht's, wenn man keine männliche Dienerschaft mitnimmt!«

Und ohne Gruß eilte er hinaus.

So also standen die Dinge. Ich konnte mir lebhaft vorstellen, welche Genugtuung Burda beim Anblick der Prinzessin musste empfunden haben, welche Hoffnungen und Erwartungen er nunmehr an ihren hiesigen Aufenthalt knüpfte ...

Aber diese Hoffnungen und Erwartungen, die der Zufall wachgerufen, sollten von diesem selbst sofort wieder vernichtet werden. Denn die unentschiedene, ratlose Haltung, welche die Regierung den fortschreitenden Ereignissen gegenüber noch immer bekundete, hatte einen beständigen Wechsel der militärischen Dispositionen zur Folge – und so bekam auch unser Regiment noch am selben Abend den Befehl, die Standquartiere sofort zu verlassen und nach Prag in Garnison abzurücken.

Burda, nachdem er diese Neuigkeit vernommen, lachte bitter auf.

»Fatales Geschick!«, rief er aus. »Jetzt, nachdem die Prinzessin auch diesen Effort unternommen –

jetzt muss – – es ist wirklich unglaublich! Wie würde sich jetzt alles entwickelt haben! Wir hätten Einladungen nach dem Schlosse erhalten, sei es nun zu einer Jagd, zu einem Diner – oder was weiß ich! – Übrigens«, setzte er nach einigem Nachsinnen hinzu, »Prag ist so übel nicht – und der Verlust nicht allzu groß; denn ich bin überzeugt, dass auch *sie* in einiger Zeit dort erscheinen wird.«

Dieser Behauptung zeigte ich mich doch noch nicht gewachsen; es war mir, als befände ich mich einem Wahnsinnigen gegenüber.

Er bemerkte nicht, wie ich zusammenzuckte, und fuhr fort: »Prag ist der Sitz des ganzen böhmischen Adels. Man macht also eben wieder irgendeinen Besuch. Überdies wird es mir jetzt immer deutlicher, dass die Prinzessin bereits in Kenntnis von der Angelegenheit ist, die ich, wie du weißt, verfolge; sie würde sonst nicht so geradeaus vorgehen.«

Nach diesen Worten rief er seinen Burschen und befahl ihm zu packen, welches Geschäft er mit verschränkten Armen gebieterisch überwachte.

Es war ein heller, taufrischer Maimorgen, als wir abzogen und Burda einen letzten Blick nach den Fenstern des Schlosses emporsendete, wo noch alles in tiefem Schlafe zu liegen schien.

VII

Prag war zu jener Zeit ein sehr angenehmer Aufenthaltsort. Die nationalen Sonderbestrebungen waren noch nicht zu ausgesprochenen Konflikten gediehen; sie gärten und zuckten, dem unbefangenen Blicke verborgen, noch unter der Oberfläche, und wenn auch die Stadt, infolge des slawischen Grundelementes ihrer Bevölkerung, keine deutsche genannt werden konnte, so war sie doch im besten Sinne des Wortes international. Zwischen Wien und Dresden die Mitte haltend, wurde sie, zumal im Sommer, wo ein großer Zug nach den böhmischen Bädern stattfand, ob ihrer prachtvollen Lage und ihrer alten Baudenkmale von vielen Fremden besucht, wozu gute Hotels, ein sehr annehmbares Theater und sonstige Ressourcen wesentlich beitrugen. Kurz, man konnte in Prag wie in einer Großstadt leben, und doch waren alle Bedingungen einfacher und weniger kostspielig als anderswo.

Dieser Umstand kam Burda bei unserem Eintreffen sehr zustatten. Mit großer Befriedigung hatte er vernommen, dass die Offiziere nicht in der Kaserne untergebracht würden, daher es seine erste Sorge war, eine passende Wohnung zu suchen, die er auch bald gefunden hatte und welche er nunmehr allein bezog. Denn, sagte er zu mir, es ist jetzt vor allem geboten, ein anständiges *home* zu besitzen. Es könne sich mancherlei ereignen, und jedenfalls müsse er, wie die Dinge nun stünden, gewärtig sein, dass eines Tages irgendein vertrauter Sendbote eintreffe, welchem gegenüber man sich in jeder Hinsicht *comme il faut* zu erweisen habe. So trat er denn auch sofort mit einem Möbelverleiher in Verbindung, der ihn mit allem Nötigen versah; außerdem ließ er für seinen Burschen eine Livree anfertigen, welche der eines Leibjägers gleichkam.

Sich derart einrichtend, widerstrebte es ihm auch, seine Mahlzeiten in einer jener unscheinbaren Gastwirtschaften einzunehmen, auf welche wir anderen mehr oder minder angewiesen waren, und zog es vor, zwischen fünf und sechs Uhr im Englischen Hof zu dinieren, was er sich insofern schon erlauben konnte, als er sodann auf ein Abendessen verzichtete. Dabei zog er sich mehr und mehr vom kameradschaftlichen Verkehre zurück, was zwar anfangs nicht besonders auffiel, da man von seiner Seite ein gewisses Sich-Abschließen von jeher gewohnt war. Nach und nach aber wurde man stutzig und fühlte sich umso mehr befremdet, als Burda nebstbei ein sehr hochmütiges Benehmen zu entfalten begann, was früher nicht seine Art war. Mich selbst behandelte er jetzt mit einer gewissen Herablassung, und ich empfand, dass er mich wie jeden anderen würde übersehen haben, wenn es ihm nicht ein Bedürfnis gewesen wäre, mich bei seinem Ideengange an der Seite zu behalten. Auch brauchte er jemanden, der für ihn, wenn er dienstlich verhindert war, ins Theater ging, um nachzusehen, ob die Prinzessin, deren Eintreffen er von Tag zu Tag erwartete, nicht in einer Loge auftauche.

Diese unerschütterliche Erwartung erfüllte sich selbstverständlich nicht; dafür aber geschah es, dass eine hochgestellte militärische Persönlichkeit, der Generaladjutant des Kaisers, in Prag eintraf und daselbst einen Tag verweilte. Es fügte sich, dass wir ihm, ohne noch von seiner Ankunft zu wissen, vor dem Hotel, in welchem er abgestiegen war, begegneten, wobei er unseren militärischen Gruß freundlichst erwiderte.

»Das war Graf G…!«, sagte Burda, als wir den General hinter uns hatten, ganz aufgeregt. »Was ihn wohl hierhergeführt haben mag?«

»Wer kann das wissen? Vielleicht geht er nach Karlsbad; er leidet ja bekanntlich an der Leber.«

»Möglich. Aber hast du bemerkt, wie eindringlich er mich ins Auge gefasst hat?«

»Das habe ich nicht wahrgenommen.«

»Aber ich«, sagte Burda kurz und verabschiedete

sich, da wir eben bei der Gasse angelangt waren, in der er wohnte.

Am Abend besuchte der Generaladjutant das Theater, wo wir ihn mit dem Landeskommandierenden in dessen Loge sitzen sahen. Man gab die Oper *Martha*, die der Graf wohl oft genug gehört haben mochte. Er schenkte auch der Vorstellung nur wenig Aufmerksamkeit, sprach eifrig mit dem Kommandierenden und blickte dabei manchmal durch das Opernglas nach den Offizieren im Parterre; eine Art von Musterung, welche durchaus in der Natur der Sache lag.

Beim Nachhausegehen sagte Burda: »Gib acht, es scheint etwas im Zuge zu sein. Er ist offenbar nicht ohne besondere Absicht nach Prag gekommen. Und dass man *Martha* gegeben hat, ist ebenfalls sehr bezeichnend.«

»Wieso?«, fragte ich.

»Denke nur ein wenig über das Sujet nach, und du wirst dahintergelangen.«

Nun ließ sich, wenn man auf die Hirngespinste Burdas einging, allerdings eine gewisse Ähnlichkeit seiner Lage mit der Lionels herausfinden – dass er aber in der Vorführung der Oper geheimnisvolle Absichtlichkeit vermutete, machte mir den beklemmendsten Eindruck: Ich begann ernstlich für seinen Verstand zu fürchten. Dabei befand ich mich in der ratlosen Lage eines Menschen, der einen zweiten auf dem besten Wege sieht, irrsinnig zu werden, und doch niemanden davon in Kenntnis setzen darf. Denn wie hätte ich den Seelenzustand Burdas samt allen Einzelheiten, die ihn hervorgerufen, ohne die zwingendste Notwendigkeit preisgeben können? Ich überlegte schon, ob ich nicht diesen Anlass benützen und ihm eindringliche Vorstellungen machen sollte, aber wir waren bereits in der Nähe seiner Wohnung angelangt, und so trennten wir uns schweigend.

Zwei Wochen waren seitdem vergangen, als eines Tages mittels Regimentsbefehls verlautbart wurde, Seine Majestät habe mit allerhöchster Entschließung die Errichtung eines Adjutantenkorps angeordnet. Dies war dahin zu verstehen, dass sämtliche Offiziere, welche bei hohen Persönlichkeiten oder bei Generalaten in Verwendung standen, einen Körper für sich zu bilden haben und eine besondere Adjustierung erhalten sollten. Am Schlusse erging eine Aufforderung, sich zu melden, an diejenigen, welche, bei nachzuweisender Befähigung, die Absicht hätten, in dieses Korps zu treten.

»Nun?«, fragte Burda, mit welchem ich im Kompagniedienstzimmer gemeinschaftlich den Befehl gelesen hatte.

»Das kümmert mich wenig«, erwiderte ich. »Denn ich habe durchaus nicht die Absicht, mich zum Eintritt zu melden. Auch bin ich nicht in der Lage, mir ein Pferd zu halten.«

»Darum handelt es sich nicht«, entgegnete er scharf. »Ich frage dich, ob es dir nun klar ist, weshalb der Generaladjutant hier erschienen ist?«

Ich sah ihn an.

»Er ist gekommen«, fuhr er im Tone vollster Überzeugung fort, »um Erkundigungen über meine Person einzuziehen, mich in Augenschein zu nehmen – und dann zu veranlassen, was nunmehr erfolgt ist. Man hat offenbar die Absicht, mich in unauffälliger Weise nach Wien und in die nächste Nähe hoher und höchster Persönlichkeiten zu bringen.«

»Wie?«, rief ich aus. »Du glaubst, dass man deiner Person wegen ein eigenes Korps ins Leben gerufen habe –«

»Nun, wenn auch nicht gerade das«, erwiderte er, zum Glück noch das Ungeheuerliche seiner Voraussetzung fühlend, »aber die Aufforderung wurde ganz gewiss mit Hinsicht auf mich erlassen.«

»Wozu hätte es einer bedurft? Man könnte dich ja ohne Weiteres sofort an eine solche Stelle berufen!«

»Allerdings. Aber ich habe dir schon gesagt, dass man jeden in die Augen fallenden Schritt vermeiden will, was auch der einzige Grund ist, der die Prinzessin – welche offenbar ihren Vater bereits gewonnen hat – von Prag fernhält. Denke dir nur, welches Aufsehen es erregen müsste, wenn man mich so Knall und Fall nach Wien beriefe.«

Das war zu viel! Ich konnte nicht länger an mich halten und beschwor ihn, sich keinen so weitgehenden Täuschungen hinzugeben, wobei ich mich freilich, um nicht das Kind mit dem Bade zu verschütten, bloß an den vorliegenden Fall hielt. Aber meine Vorstellungen blieben fruchtlos – ja noch mehr: Er wurde mir ob meiner Einwürfe nicht einmal böse. Und schon am nächsten Tage, nachdem er sein Gesuch an den Mann gebracht, begab er sich zu dem hervorragendsten Militärschneider Prags und erkundigte sich, ob bereits ein Schema der Uniformierung für das neue Korps vorliege. Und als man ihm in der Tat ein solches zeigte, war es nur die Furcht, eine Indiskretion zu begehen, was ihn abhielt, sofort Maß nehmen und die betreffenden Kleidungsstücke herstellen zu lassen.

VIII

Der Sommer neigte sich dem Ende zu, und die Herbstmanöver standen in Aussicht. Burda meinte, er würde diese wohl hier nicht mehr mitmachen, da bis dahin seine Einteilung in das neue Korps erfolgt sein müsse. Es wären ohnehin schon sechs Wochen seit dem Tage der Aufforderung verflossen, und er könne sich nur wundern, dass noch keine Entscheidung herabgelangt sei. Er zeigte sich daher äußerst betroffen, als nach einiger Zeit verlautbart wurde, dass der Oberleutnant von H…, welcher der Sohn eines Feldmarschallleutnants und der einzige Offizier des Regiments war, der sich außer Burda gemeldet hatte, in das Korps berufen worden sei, und zwar mit dienstlicher Verwendung beim Generalkommando in Lemberg. Aber er übertäubte diese Betroffenheit sofort vor sich selbst, indem er ausrief: »Nun ja, nach Lemberg! Mich hat man für Wien ins Auge gefasst, und es wird sich dort bis jetzt keine offene Stelle ergeben haben.«

Aber noch am selben Tage wurde ihm, als wir gerade mit einigen anderen Offizieren im Kasernenhofe standen, von einer Ordonnanz ein Dienstschreiben überbracht, das er, beiseitetretend, hastig aufriss, erbleichend las und dann zu sich steckte.

Sobald wir allein waren, sagte er mit heftiger, aber tonloser Stimme: »Mein Gesuch ist abschlägig beschieden.«

Das war vorauszusehen gewesen. Denn es mochten im Ganzen doch viele Gesuche eingereicht worden sein, und da hatten wohl wie gewöhnlich Nepotismus und Protektion den Ausschlag gegeben.

»Dahinter steckt eine Intrige!«, fuhr Burda fort.

»Eine Intrige?«

»Gewiss. Hatte ich doch gleich Unheil geahnt, als ich den Generaladjutanten in der Loge mit dem Kommandierenden verhandeln sah!«

»Wieso?«

»Ist der Kommandierende nicht ein Graf Z...? Und gehören die Z... nicht zu jenen Familien, welche, wie ich dir sagte, gewissermaßen in die Rechte der ehemaligen Grafen Burda getreten sind? Was Wunder also, dass man, da der Generaladjutant vertrauliche Mitteilungen gemacht haben wird, später alle möglichen Machinationen ins Werk gesetzt hat? Aber ich werde dem Generaladjutanten schreiben!«

»Um Gottes willen!«, rief ich aus. »Bedenke doch, was du tun willst! Wie kannst du denn nur mit völliger Gewissheit annehmen, dass sich auch alles so verhält, wie es dir erscheint? Hast du denn überhaupt hinsichtlich jener Angelegenheit schon etwas erfahren?«

»Nein, noch immer nicht. Und erst jetzt fällt es mir auf, dass bereits sieben Monate verstrichen sind, seit ich die Papiere nach Brünn gesendet habe. Ich werde sofort urgieren.«

»Das tu'«, sagte ich, froh, einen Weg zur Ablenkung gefunden zu haben. »Und versprich mir, dass du nichts unternimmst, bis du Antwort erhalten hast. Und wenn sich dann zeigt, dass dein Verdacht gegründet ist – –«

Er sann einen Augenblick nach.

»Du hast recht; ich muss meiner Sache vollkommen gewiss sein. Aber das sage ich dir, lange warte ich nicht. Ich werde auf sofortige Antwort dringen, und wenn diese nach Ablauf einer Woche nicht erfolgt ist, so schreibe ich dem Grafen G… – und möglicherweise auch dem Fürsten. Denn wer weiß, was man *diesem* alles über mich hinterbracht hat – und wie würde ich dann in *ihren* Augen erscheinen, wenn ich es an mir haften ließe.«

Damit ging er und überantwortete mich völliger Ratlosigkeit. Denn nunmehr schien es zum Äußersten kommen zu wollen. Wenn er sich zu einem tollen Schritt hinreißen ließ – war er verloren!

Schon in einigen Tagen kam er zu mir in die Wohnung gestürzt.

»Da hast du den Beweis«, sagte er und hielt mir einen Brief entgegen. »Schon aus dem insolenten Tone dieses Schreibens wirst du erkennen, wie sehr ich berechtigt war, Verdacht zu schöpfen.«

Ich entfaltete den Brief und las ihn. Am Eingang entschuldigte sich der Schreiber, dass er zu seinem Bedauern nicht in der Lage sei, Günstiges berichten zu können. Vor allem hätten sich jene Anhaltspunkte, die er bei den »von Burda« in Sachsen zu finden gehofft, durchaus hinfällig erwiesen. Denn diese angebliche »erste Linie« leite ihren Stammbaum nicht allzu weit zurück – und zwar bis zu einem sicheren Daniel Burda, der zu Anfang dieses Jahrhunderts als kurfürstlicher Sattelknecht aufgeführt erscheine. Nun müsse dies allerdings eine Hofcharge gewesen sein; allein wie es sich herausgestellt habe, sei besagter Daniel Burda, der Sohn eines einfachen Posthalters auf dem platten Lande, erst infolge jener Eigenschaft in den Adelsstand erhoben worden. Und was nun die »zweite Linie« beträfe, so wisse der Herr Oberleutnant am besten selbst, dass bereits das Möglichste versucht worden sei, den allein maßgebenden Punkt aufzuhellen. Dies würde aber für alle Zeit umso schwieriger bleiben, als in Österreich, vornehmlich aber in Galizien, Böhmen und Mähren, eine ganz unübersehbare Anzahl von Personen existiere, welche den Namen »Burda« führen und dabei in den untergeordnetsten Lebensstellungen sich befänden (Handwerker, Fuhrleute und dergleichen). Schreiber könne also nur mit bestem Wissen und Gewissen den Rat erteilen, diese ganz und gar in der Luft schwebende Angelegenheit endgültig fallenzulassen.

»Dieser Mensch ist offenbar bestochen!«, schrie Burda, nachdem ich zu Ende gelesen hatte. »Aber ich werde das nicht so hinnehmen!«

»Was willst du denn tun?«

»Ich werde dem Kommandierenden eine Herausforderung zugehen lassen!«

»Bist du wahnsinnig?«, rief ich aus. »Oder fühlst du wenigstens nicht, dass dich ein solches Beginnen aller Welt gegenüber in den Verdacht des Wahnsinns bringen müsste? Und womit könntest du die Herausforderung begründen – angenommen selbst, dass dieser Brief vonseiten des Kommandierenden inspiriert worden wäre? Wird er es zugestehen? Wird er überhaupt eine Herausforderung annehmen?«

»Er muss! Er ist Offizier wie ich und du!«

»Allerdings. Aber es ist dir doch bekannt, dass hohe Vorgesetzte derlei Zumutungen als schwere Subordinationsvergehen behandeln – und bestrafen lassen. Es könnte dir deine Charge kosten!«

»Oho!«, kreischte er. »Das möcht' ich denn doch sehen! – Aber du kannst recht haben«, fuhr er nachdenklich fort. »Man darf ihm immerhin zumuten, dass er sich hinter seine Stellung verschanzt. Da muss man ihm denn indirekt zu Leibe gehen und sich an seinen Neffen halten.«

»An seinen Neffen?«

»Nun ja! Du kennst doch den knabenhaften Ulanenrittmeister mit dem Molkengesicht, dessen Schwadron seit einigen Wochen auf Feuerpikett hier ist?«

»Allerdings – vom Sehen –«

»Dann wirst du auch bemerkt haben, wie arrogant der Bursche ist. Er dankt kaum, wenn man ihn grüßt.«

»Ich glaube, du tust ihm unrecht«, erwiderte ich. »Ich halte ihn für einen ganz harmlosen Menschen. Seine Unart scheint mehr einer gewissen Verlegenheit zu entspringen.«

»Ach was!«, entgegnete Burda gereizt. »Ich weiß das besser. Und jetzt wird mir auch klar, weshalb man sich seit einiger Zeit im Englischen Hof am Kavalleristentische sehr sonderbar benimmt.«

Daran war etwas Wahres, und ich selbst hatte davon gehört. Denn im Regiment, woselbst man an Burda seit dessen Bestreben, in das Adjutantenkorps aufgenommen zu werden, eine immer schärfere Kritik übte, wurde teils mit Entrüstung, teils mit Schadenfreude behauptet, er sei auf dem besten Wege, sich öffentlich bloßzustellen. So hätten sich die Kavallerieoffiziere, welche im Englischen

Hof sehr opulent zu dinieren pflegten, bereits über die Grandezza lustig gemacht, mit der er im Hotel erscheine und ein Kuvert zu mäßigem Preise samt einer kleinen Flasche Rotwein bestelle. Infolgedessen habe man ihm dort (natürlich ganz harmlos und ohne zu ahnen, welche besondere Anzüglichkeit damit verbunden war) auch den Stichelnamen »der verwunschene Prinz« beigelegt.

Ich sagte daher jetzt nicht ohne Verlegenheit: »Das solltest du gar nicht beachten. Man weiß ja, dass die Herren ›auf stolzen Rossen‹ uns bescheidene Fußgänger immer ein wenig von oben herab ansehen.«

»Nein, nein, das ist es nicht allein. Der Rittmeister hat offenbar durch seinen Onkel Wind bekommen – und bei Tisch allerlei über mich vorgebracht.«

»Das sind Einbildungen, lieber Freund.«

»Durchaus nicht. Ich weiß es jetzt bestimmt. Und du sollst dich selbst überzeugen; ich lade dich ein, heute mit mir zu speisen.«

Diese Einladung war mir natürlich sehr unerwünscht; da er aber darauf bestand und ich überdies befürchten musste, dass er sich in der Stimmung, in der er war, ohne meine Begleitung zu einem aufsehenerregenden Schritt könnte hinreißen lassen, so sagte ich schließlich zu.

Der Speisesaal im Hotel zum Englischen Hof wurde am späteren Nachmittag wenig besucht. Um ein Uhr mittags und sieben Uhr abends fand dort

Wirtstafel statt, an welcher eine gemischte, zumeist aus Fremden bestehende Gesellschaft teilnahm, in den übrigen Stunden kamen nur selten Gäste. Regelmäßig aber zwischen vier und fünf Uhr speisten an einem langen, eigens für sie bereitgehaltenen Tische die Offiziere des Feuerpiketts samt anderen Kavalleristen, die sich in Prag aufhielten. Unter den Letzteren befand sich auch ein reckenhafter Kürassierleutnant namens Schorff, welcher dem Generalstabe des Kommandierenden zugeteilt war, eigentlich jedoch nur bei gewissen Gelegenheiten als Galopin verwendet wurde, eine militärische Sinekure, die er sich, weiß Gott wie, mochte zu erobern gewusst haben. Man hieß ihn allgemein den »Amerikaner«, obgleich er in Deutschland geboren war; sein Vater aber sollte sich seinerzeit in den Minen Kaliforniens ein fabelhaftes Vermögen erworben haben. Andere behaupteten, dieser sei Spielpächter in Homburg gewesen. Gleichviel, der junge Baron Schorff – auch so wurde er, ohne es zu sein, genannt – erhielt von Hause wahre Unsummen Geldes, die er in auffallendster Weise verausgabte. Er hatte die schönsten und stärksten Reitpferde, einen prachtvollen Viererzug, hielt eine Loge im Theater, mehrere Mätressen und so weiter. Dabei war er ein Spieler und Raufbold ärgster Sorte, dem jedermann gern aus dem Wege ging; selbst die Frauen, die doch sonst von derlei Erscheinungen angezogen werden, wichen ihm mit einer Art von Entsetzen aus.

Es war etwas über fünf, als Burda und ich im Englischen Hof erschienen. Am Kavalleristentische hatte man bereits abgespeist; Kaffee und Likör wurden soeben serviert. Aber die Gesellschaft schien nicht Lust zu haben, ein fröhliches Gelage, das offenbar stattfand, deshalb abzubrechen. Man hatte noch Champagnergläser vor sich, welche von Neuem gefüllt wurden. Dabei herrschte eine laute, ausgelassene Heiterkeit, dergestalt, dass unser Eintreten sowie der Gruß, den wir darbrachten, nicht bemerkt – oder doch übersehen wurde.

Burda warf mir einen bedeutungsvollen Blick zu. Dann näherte er sich dem Tische und rief: »Meine Herren, wir haben gegrüßt, und ich ersuche Sie, unseren Gruß in geziemender Weise zu erwidern.«

Die Gesellschaft hob die Köpfe und sah ihn überrascht an. Schorff aber, der mit dabei war, sprang auf, schnellte das Monokel, das er beständig im Auge trug, mit einem kunstvollen Ruck weit von sich und verbeugte sich in überaus grotesker Weise vor Burda, indem er in seiner rheinländischen Aussprache sagte: »Wir haben die Ehre, dem Herrn Oberleutnant unsere Reverenz zu machen.«

»Ich verbitte mir derlei Scherze, Herr Leutnant«, entgegnete Burda mit absichtlicher Umgehung des kameradschaftlichen Du, »und mahne Sie an die

Achtung, welche Sie Ihrem Vorgesetzten schuldig sind.«

»Was? Was ist das?«, rief Schorff, dessen breites, bartloses Gesicht sich purpurrot färbte, während er mit wieder eingeklemmtem Glase Burda herausfordernd ansah.

»Herr Rittmeister«, sagte dieser, sich an den jungen Grafen Z… wendend, der obenan saß, »ich fordere Sie auf, Ihr Ansehen zu gebrauchen und dem Leutnant Schorff das Unziemliche seines Benehmens vorzuhalten.«

Der Rittmeister nahm eine säuerlich lächelnde Miene an und zupfte verlegen an den dünnen Härchen auf seiner Oberlippe. Schorff aber kehrte sich gegen ihn und sagte: »Haben Sie gehört, Graf? Sie sollen mir einen Verweis erteilen – aber sagen Sie lieber dem verwunschenen Prinzen, dass er sich in Acht nehmen möge, ich könnte ihm sonst an die Hüfte greifen.«

Diese Worte erregten trotz der peinlichen Situation eine gewisse Heiterkeit; einige lachten sogar laut auf.

Burda war leichenfahl geworden.

»Das ist infam!«, kreischte er jetzt. »Sie benehmen sich samt und sonders wie Buben!«

Nun folgte eine unbeschreibliche Szene. Die Kavalleristen waren aufgesprungen, um sich auf Burda zu stürzen, der an seinen Säbel griff. Schorff langte mit verkehrter Hand nach einer Champagnerflasche, die im Eiskübel steckte – die ärgsten Tätlichkeiten, ein blutiges Gemetzel standen bevor.

Aber in diesem Augenblicke hatte ich auch die nötige Geistesgegenwart gefunden und trat dazwischen. »Meine Herren«, rief ich, »ich bitte zu bedenken, wo wir uns befinden! Man wird bereits aufmerksam.«

Es war so. Ein Kellner, der eben hatte eintreten wollen, war mit offenem Munde in der Tür stehen geblieben. Hinter ihm erschien ein zweiter, ein dritter; auch vor den offenen Fenstern des ebenerdig gelegenen Saales hatten sich auf der Straße einige Neugierige angesammelt, um nach der Ursache des Lärmes zu forschen.

Das wirkte. Die Kavalleristen nahmen, wenn auch unwillig, ihre Plätze wieder ein.

»Jeder von uns weiß nunmehr, was zu geschehen hat«, fuhr ich fort und legte eine Karte auf den Tisch. Burda, vor Aufregung am ganzen Leibe zitternd, tat desgleichen; hierauf ließen wir uns in einer entfernten Ecke des Saales nieder und befahlen unser Diner.

Drüben war finsteres Schweigen eingetreten, nur Schorff wollte sich noch immer nicht zufriedengeben und konnte in seinen wiederholten halblauten Wutausbrüchen nur mit Mühe beschwichtigt werden. Endlich erhob man sich und ging, ohne uns anzusehen.

»Das ist eine schöne Bescherung«, sagte ich nach einer Pause.

»Fürchtest du dich vielleicht?«, entgegnete Burda in scharfem Tone. Er war bereits vollkommen ruhig geworden, und eine eigentümliche Befriedigung leuchtete aus seinen grauen Augen.

»Ich fürchte für dich«, sagte ich ernst. »Du wirst dich nun mehrere Male hintereinander zu schlagen haben.«

»Je öfter, je besser! Das ist es gerade, was ich beabsichtigte!«

Ich konnte nicht umhin, ihn mit einiger Bewunderung anzublicken. Was er da sprach, war keineswegs Prahlerei. Es entsprang, das fühlte ich, wirklichem Mute, wenn auch vielleicht dem Mute des Don Quijote, der es für sich allein mit ganzen Heeren aufnahm.

»Ja«, fuhr Burda fort, indem er sich mit sehr gutem Appetit an das Gericht machte, das man uns eben vorgesetzt, »ja, es soll Aufsehen machen – es soll und wird eine *cause célèbre* werden!«

Ich verstand ihn. Er erwog, welchen Eindruck diese *cause célèbre* auf die Prinzessin machen würde – und da war er denn wieder glücklich auf dem alten Wege.

»Daran solltest du jetzt gar nicht denken«, warf ich ernüchtert ein. Und von einem plötzlichen Gedanken befallen, setzte ich hinzu: »Wer weiß übrigens, ob alles wirklich so kommt, wie wir voraussetzen.«

»Wieso? Wieso?«, fragte er hastig.

»Je nun, vielleicht beliebt es allen diesen Herren, sich hinter Schorff zu verschanzen – und ihn allein die ganze Sache austragen zu lassen.«

»Oho! Da habe ich auch ein Wort mitzusprechen!«

»Allerdings. Aber du wirst es nicht verhindern können, dass Schorff den Anfang macht.«

Er hob den Kopf und sah mich stirnrunzelnd an. »Was willst du damit sagen?«

Ich schwieg, denn ich wagte nicht auszusprechen, dass Schorff ein sehr gefährlicher Gegner sei. »Je nun, er ist ein bekannter Raufbold«, warf ich endlich leicht hin.

»Das mag er sein. Auch wir führen unsere Klinge. Fatal ist es allerdings, dass sich gerade dieser freche, aufgeblasene Plebejer hat vordrängen müssen. Aber wenn es nicht zu ändern ist, immerhin! Der Herr Rittmeister wird mir nicht entgehen.«

Wir waren beim Dessert angelangt, und nachdem wir den Kaffee genommen hatten, forderte mich Burda auf, mit ihm den Abend auf der Sophieninsel zuzubringen, wo heute vor einem gewählten Publikum Konzert im Freien stattfand.

IX

Schon am nächsten Vormittage fand sich ein Hauptmann des Generalstabes in Begleitung eines Artillerieoffiziers in meiner Wohnung ein. Sie kämen, sagten die Herren, hinsichtlich des bedauerlichen Vorfalles, der gestern im Englischen Hof stattgefunden und welcher bereits zur Kenntnis der Militärbehörden gelangt sei. Man wünsche hohen Ortes, dass die Angelegenheit so rasch und einfach wie möglich beigelegt werde. Demnach wären sie infolge eines vonseiten sämtlicher Beleidigten getroffenen Übereinkommens als Kartellträger des Herrn Leutnant Schorff ermächtigt, zu erklären, dass dieser im Namen aller Übrigen die Sache zum Austrag bringen wolle.

Es kam also, wie ich es vorausgesehen, und obgleich sich bei ruhiger Betrachtung dieses Vorgehen auch wirklich als das vernünftigste erwies, so lag darin für Burda doch eine Art Geringschätzung, die ich wider Willen mitempfand.

»Ich glaube nicht, dass der Herr Oberleutnant Burda auf diese Proposition eingehen wird«, sagte ich.

»Er wird sich doch nicht mit jedem Einzelnen schlagen wollen?«, rief der Hauptmann, indem er, um seine Verwunderung auszudrücken, die Augen weit aufriss.

»Je nachdem.«

»Du mein Gott!«, erwiderte er, die Achsel zuckend. »Indes, das wird sich ja ergeben. Fürs Erste müssen wir aber an unserem Auftrage umso mehr festhalten, als Leutnant Schorff doch jedenfalls der Hauptbeleidigte ist.«

Dagegen ließ sich nichts einwenden, und der Artillerist stellte zu dem Duell einen Fechtsaal zur Verfügung, welcher, wie er ankündigte, mit seiner Dienstwohnung auf dem Hradschin in Verbindung stehe und zu derlei Zwecken besonders geeignet sei. –

»Du hast ihnen sehr gut geantwortet«, sagte Burda, als ich ihm diese Unterredung mitteilte. »Ich danke dir. Was mich selbst betrifft, so werde ich die Sache jedenfalls zum Äußersten treiben. Allerdings laufe ich dabei Gefahr, zum Krüppel gehauen zu werden. Aber ich vertraue meinem Stern.«

Pistolenduelle waren damals in der Armee nicht üblich; man schlug sich fast durchgehends mit Säbeln, eine Kampfweise, welche die Tötung des Gegners in der Regel zwar ausschloss, aber immerhin einen sehr bedauerlichen Ausgang herbeiführen konnte. Dies erwog man jetzt auch im Regiment, woselbst die üble Stimmung gegen Burda plötzlich in rege Teilnahme umgeschlagen war. Sein mannhaftes Auftreten gegen die Kavalleristen, das eine Art gemeinsamen Stolzes wachrief, imponierte den meisten, und es fehlte nicht an Zeichen der Anerkennung, die Burda mit ernster Zurückhaltung entgegennahm. Man wünschte aufrichtig, dass er den Strauß siegreich bestehe, wobei man sich freilich nicht verhehlte, wie schwer dies einem Schorff gegenüber sein möchte.

Am nächsten Morgen – es war an einem Sonntage – fuhr ich mit Burda nach dem Hradschin, wohin sich der zweite Sekundant mit dem Wundarzte schon früher auf den Weg gemacht hatte. Wir wurden von dem Artillerieoffizier empfangen und in ein geräumiges Zimmer geführt, an dessen Wänden Rapiere, Schläger, Masken und Plastrons hingen. In einer Ecke hatte man für alle Fälle ein niederes Feldbett aufgestellt; Eisbecken und Verbandzeug befanden sich in der Nähe. Der Hauptmann des Generalstabes war bereits anwesend; er prüfte, als wir eintraten, eben die beiden Duellsäbel, die auf einem Tische lagen. Auch ein zweiter Wundarzt war zugegen.

Es dauerte nicht lange, so hörte man den Viererzug Schorffs heranrollen, und bald darauf erschien dieser in aufrechter Haltung und mit kurzem Gruß in unserer Mitte. Dann reichte er seinen beiden Sekundanten die Hand und begann sich zu entkleiden.

Als er sein bunt gestreiftes Wollhemd ablegte, staunte ich über die Kraft und Fülle seiner Muskeln, die in auffallender Entwicklung hervortraten. Mit seinem breiten Nacken und dem gedrungenen Halse, auf welchem ein verhältnismäßig kleiner Kopf saß, hatte er etwas vom farnesischen Herkules, während Burda, der nun gleichfalls den Oberkörper entblößte, mit seiner zarten weißen Haut, seinen geschmeidigen, etwas weichlichen Formen an die Büste des Antinous mahnte. Eigentümlich war es zu sehen, wie jetzt die Gegner einander gegenübertraten und den üblichen Gruß austauschten. In den Mienen und Gebärden Schorffs lag Impertinenz, in jenen Burdas ritterliche Herablassung.

Wir gaben das Zeichen – und der Kampf begann. Schorff, sein Glas im Auge, schien die Sache leichtzunehmen; er glaubte offenbar, dass jeder seiner Hiebe, die er nur so obenhin führte, sofort sitzen müsse. Aber hierin irrte er. Burda verteidigte sich mit großer Ruhe und Sicherheit, die Schorff offenbar überraschte, aber auch reizte, und als er jetzt, vom Säbel seines Gegners gestreift, leicht am Ohre zu bluten begann, geriet er in Wut. Mit einem wahren Hagel von gewaltigen Streichen drang er auf Burda ein, so zwar, dass dieser Mühe hatte, standzuhalten, und bereits schwer zu atmen begann. Jetzt markierte Schorff eine Prim, führte aber in der Tat eine Terz, welche so mächtig traf, dass sofort auf der Brust Burdas ein langer, bluttriefender Spalt zum Vorschein kam.

»Halt! Halt!«, schrien die Sekundanten und warfen sich dazwischen. Aber zu spät. Denn schon war ein gewaltiger Kopfhieb gefolgt. Burda taumelte, sein Säbel klirrte zu Boden – und gleich darauf folgte er selbst mit blutüberströmtem Antlitze nach.

»Das ist Mord!«, rief ich aus. Selbst der Hauptmann war ganz bleich geworden und stammelte: »Aber Schorff, was haben Sie getan?«

Dieser drehte sich auf den Hacken um und stieß durch die zusammengepressten Zähne hervor: »Il l'a voulu!« Dann wusch er eine geringe Blutspur von der Wange, kleidete sich an, grüßte und ging.

Inzwischen hatte man den Schwergetroffenen auf das Feldbett geschafft. Dort lag er bewusstlos und stöhnte leise, während man die Wunden untersuchte. Sie schienen derart gefährlich, dass beide Ärzte, die um Burda beschäftigt waren, den Kopf verloren und erklärten, es sei das Schlimmste zu befürchten und sie könnten keine weitere Verantwortung auf sich nehmen. Der Herr Oberleutnant müsse sofort in das Militärspital gebracht werden. Der eine fuhr auch gleich mit dem Wagen, in welchem wir gekommen waren, dorthin voraus, um Vorbereitungen treffen zu lassen, während vonseiten der Artillerie (in deren Kaserne wir uns befanden) eine Bahre samt Trägern beigestellt wurde.

Es war eine traurige Rückkehr, die wir jetzt, der öffentlichen Aufmerksamkeit möglichst ausweichend, nach der sonntäglich ruhigen Stadt antraten. Im Spitale hatte man ein kleines, abgesondertes Zimmer ermittelt, wohin man nun Burda brachte. Nach der ersten raschen Untersuchung erklärte der Chefarzt, mit der Brustwunde habe es nicht viel auf sich, aber die Schädeldecke sei schwer verletzt. Ob und wie tief der Hieb in das Gehirn eingedrungen, müsse noch genauer erforscht werden, jedenfalls stehe eine höchst gefährliche Entzündung in Aussicht. Dies teilte er auch dem Regimentsadjutanten mit, der im Auftrage des Obersten und in Begleitung anderer Offiziere erschienen war, um Erkundigungen einzuziehen. Auch vonseiten der übrigen Garnison, in der sich die Kunde von dem unglücklichen Ausgange des Duells rasch verbreitet hatte, zeigte sich lebhafte Teilnahme. Der Doktor aber bat, man möge jetzt, um jedes Aufsehen zu vermeiden, Nachfragen und Besuche einstellen; es würden zur rechten Zeit Nachrichten übermittelt werden. Da ich zu bemerken glaubte, dass ihm auch meine Gegenwart nicht sehr erwünscht sei, entfernte ich mich gleichfalls, nachdem ich als besonderer Freund des Verwundeten die Erlaubnis erbeten hatte, gegen Abend wiederkommen zu dürfen.

Als ich am späten Nachmittag das schmale, längliche Gemach betrat, in welchem Burda lag, herrschte dort melancholisches Düster. Schon im Inspektionszimmer hatte ich erfahren, dass es schlecht stehe. Er habe zwar wiederholt die Augen aufgeschlagen und zu sprechen versucht, aber immer wieder sei er in Bewusstlosigkeit zurückgesunken. Nun sah ich ihn auf dem dürftigen Bette, Brust und Haupt mit Eiskompressen bedeckt, die Augen geschlossen. Ihm zur Seite befand sich ein Wärter, der durch mein Erscheinen aus jener stumpfsinnigen Langeweile aufgeschreckt wurde, die ein solcher Dienst mit sich zu bringen pflegt. Er machte mir Zeichen des Bedauerns, wechselte die Umschläge und sagte dann mit leiser Stimme, er wolle jetzt frisches Eis holen – und auch, mit meiner Erlaubnis, sein Abendbrot einnehmen, das eben jetzt zur Verteilung kommen werde.

Ich war froh, fürs Erste ungestört zu sein, und hieß ihn gehen. Dann setzte ich mich in einiger Entfernung von dem Bette nieder und betrachtete meinen armen Freund, der in der Tat schon wie ein Sterbender, wie ein Toter aussah. Tiefer Schmerz überkam mich, und dazu gesellte sich etwas wie ein Gefühl von Schuld. Hätte ich nicht verhindern können, dass es so weit gekommen? Hätte ich nicht schon längst alles anwenden sollen, um ihn, koste es, was es wolle, von seinen Täuschungen zurückzubringen? Aber hätt' ich es, nach allem, was ich an ihm erfahren – mit ihm erlebt, auch wirklich vermocht? Wäre es überhaupt möglich gewesen, ihn von seinem Wahne zu heilen? Nein, es war nicht möglich! Es musste alles so kommen, wie es kam: Er war, wie jeder, dem unerbittlichen Schicksale seiner Natur verfallen. Und doch – trotz seiner Schwächen und Mängel, trotz seiner Irrtümer – welch ein vortrefflicher Mensch war er! Welche vornehme Seele! Welch tapferes Herz! Er hatte ein besseres Los verdient …

Da schien es mir plötzlich, als rege er sich. Und in der Tat, es war so. Mit leichtem Stöhnen schlug er die Augen auf.

Ich trat leise an das Bett und beugte mich über ihn.

»Wer ist – wer ist da?«, hauchte er.

Ich hatte alle Mühe, mich zu erkennen zu geben.

»Ach du – du!«, brachte er mühsam hervor, während ein Strahl der Freude seine bleichen Züge umflog. »Ich glaube, ich bin verwundet«, fuhr er fort und machte einen schwachen Versuch, die Hand nach seinem Kopfe zu bewegen.

»Leider«, erwiderte ich, »und zwar nicht ganz unerheblich. Indessen – –«

»Aber wo bin ich denn?«, fuhr er fort, die Augen mühsam hin und her bewegend. »Das ist ja nicht mein Zimmer –«

»Allerdings nicht; du bist – du bist im Spital – –«

»Im Spital!«, wollte er aufschreien, vermochte es aber nicht und ächzte nur: »Im Spital – im Spital –

und wenn jetzt – –« Er konnte nicht vollenden; sein Kinn sank zur Brust herab, und er verstummte.

Ich aber wusste, was er meinte. Mit der Besinnung war auch jener unselige Wahn wiedergekehrt. Er hatte sagen wollen: Und wenn jetzt die Prinzessin von meiner Verwundung erfährt – und hierhereilt –

»Wo sind meine Kleider?«, fragte er mit einem Mal hastig, meinen Gedankengang unterbrechend.

»Deine Kleider? Die werden wohl in jenem Schrank sein – – Da sind sie.«

»Bitte – sieh in meinem Rocke nach – ob sich ein kleines Etui – darin findet –«

»Hier ist es!«

»Gib! Gib!«, drängte er.

Ich reichte es ihm. Er war aber nicht imstande, es zu öffnen, und ich musste es für ihn tun. Ein vertrocknetes Veilchenbouquet lag darin. Er nahm es in die bleiche, kraftlose Hand, senkte das Haupt und betrachtete es lange. Dann sagte er mit überraschend leichter und freier Stimme: »Lieber Freund, du hast mir sehr oft mehr oder weniger deutlich zu verstehen gegeben – dass ich in einer argen Täuschung befangen gewesen.« Er seufzte tief auf. »Mein Gott! Wenn es sich wirklich so verhielte – wenn alles nur Traum – Einbildung –«

Er verstummte wieder und atmete unruhig.

Es war zu viel! Dieser Strahl von Erkenntnis, der in dieser bangen Stunde plötzlich in ihm aufleuchtete, war von erschütternder Wirkung. Ich musste an mich halten, um nicht in Tränen auszubrechen.

»Nein! Nein!«, rief er jetzt, all seine Kraft zusammennehmend, »es kann nicht sein! Diese Veilchen – das musst du selbst zugestehen – denn du weißt es – diese Veilchen sind von *ihr*!«

Wer wäre so grausam gewesen, es zu bestreiten?

»Ja, ja«, sagte ich, »ich weiß es, sie sind von ihr.«

Er brachte mit letzter Anstrengung den Strauß vor das Antlitz und küsste ihn. »Er sollte mir ein Talisman sein – aber er hat mich nicht beschützt.«

Seine Hände sanken herab – er war wieder bewusstlos. Gleich darauf trat auch der Wärter ein; ich schickte ihn um den diensttuenden Arzt. Dieser, ein noch sehr junger Mann mit intelligentem, aber etwas barschem Gesichte, erschien sofort.

»Nun?«, fragte er mit einem Blick auf Burda.

»Er war zu sich gekommen«, sagte ich.

»Hat er mit Ihnen gesprochen?«

»Ja.«

»Vernünftig?«

»Ganz vernünftig«, erwiderte ich nicht ohne Verlegenheit.

»Und jetzt ist er wieder bewusstlos?« Er trat an das Bett, langte nach dem Arme Burdas und fühlte den Puls. »Heftiges Fieber. Das ist der Anfang vom Ende. Übrigens, wer weiß – vielleicht –«

Dieses »Vielleicht« bestätigte sich nicht. Noch in

derselben Nacht verstärkte sich das Fieber, Delirien traten ein; am nächsten Tage folgten Paroxysmen – und als ich das Krankenzimmer wieder betrat, war Burda eine Leiche. Bei den letzten traurigen Vorbereitungen, die man in meiner Anwesenheit traf, suchte ich überall nach dem Veilchenstrauße – doch umsonst: Niemand wollte ihn gesehen haben. Man hatte ihn offenbar in den Kehricht geworfen.

Zum Schlusse machte sich der Zufall, der im Leben Burdas eine so große Rolle gespielt, noch einmal geltend. Fast am selben Tage, an welchem drei Ehrensalven über das Grab des Verblichenen hinwegdonnerten, war in den Zeitungen die Nachricht zu lesen, dass sich Prinzessin Fanny L… mit dem Prinzen A… verlobt habe.

Gegen Schorff aber kehrte sich jetzt allgemeiner Unmut, und man trachtete sogar, eine ehrengerichtliche Untersuchung des Falles wider ihn durchzusetzen. Da jedoch der junge Graf Z… in die Angelegenheit mit verwickelt erschien, so wurde alles Weitere niedergeschlagen und Schorff bloß nach Ungarn zu seinem Regiment versetzt. Einige Jahre später war er aus den Listen der Armee verschwunden. Was aus ihm geworden, habe ich nicht in Erfahrung gebracht.

Daniela Strigl

Ein Neurastheniker als Don Quijote

Heute würde man ihn wohl einen Stalker nennen. Ein Mann, der eine Frau mit den »Kundgebungen seines Wohlgefallens« belästigt, der die Angebetete im Theater mit seinen Blicken verfolgt, vor ihrem Haus patrouilliert, sich beim Spaziergang an ihre Fersen heftet, beim Ein- und Aussteigen stets in der Nähe ihres Wagens ist und einmal gar eine Rose ins Coupé wirft. Was der jungen Dame anfangs schmeichelt, wird ihr bald zu viel, spätestens als sie anonyme Liebesgedichte in ihrer Post findet. Der Mann nimmt sich all das heraus, weil er glaubt, ja bald zu wissen meint, die Verehrte würde seine Gefühle erwidern. Das in den Augen der Welt »Unstatthafte seines Benehmens« wird durch den Standesunterschied ins Monströse gesteigert: Leutnant Burda ist ein Niemand, ein Kleinbürger ohne Vermögen, und das Objekt seiner Begierde eine Prinzessin L. Obwohl, *Begierde* trifft es nicht eigentlich, es ist eine wahnwitzige, aber doch romantische Neigung, die Burda hegt, für den es bereits

»das höchste Glück« bedeutet zu wissen, dass »man die Gedanken, die Phantasie eines solchen Wesens beschäftigt«.

Was er aber nicht tut. Von der schmerzlichen, der krankhaften und kränkenden und zuletzt tödlichen Diskrepanz zwischen subjektiver und objektiver Wirklichkeit, vom Verschränktsein von Wahnsinn und Methode erzählt Ferdinand von Saar (1833–1906) in seiner 1887 veröffentlichten Novelle, die allgemein als Meisterwerk gilt, als das »Arthur Schnitzler vorwegnehmende Psychogramm eines Tagträumers«, aber auch eines ganzen Standes, als eine »Zeitdiagnose hinter dem Sonderfall« (Norbert Miller). Bereits die Zeitgenossen waren voller Bewunderung, so rühmte die Schriftstellerin und gestrenge Kritikerin Betty Paoli die Erzählung in einem Brief an den Autor als »ein psychologisches Gemälde ergreifendster Art«, da sie zeige, »wie eine anscheinend ziemlich harmlose Einbildung allmälig zur fixen Idee werden, und immer weiter aus sich werfend, sich des ganzen Menschen bemächtigen und ihn dem Verderben überliefern kann«.

Trotz der lebhaft zustimmenden Resonanz auf den Erstdruck des ›Lieutenant Burda‹ in Karl Emil Franzos' Zeitschrift *Deutsche Dichtung* und auf die Buchpublikation in dem Band *Schicksale* (1889) blieben die Verkaufszahlen bescheiden – überhaupt war sein Autor nicht von Erfolg verwöhnt. Wie seine Kollegin und Freundin Marie von Ebner-Eschenbach scheiterte er just auf dem Gebiet, das er als sein ureigenes ansah: in der Dramatik. Von 1860 an schrieb Ferdinand von Saar 32 Novellen, von denen eine einzige, ›Die Steinklopfer‹, ein Happy End hat. Von der ersten Ausgabe der *Novellen aus Österreich* (1877) waren nach acht Jahren nicht mehr als 354 Stück verkauft. Erst mit seiner Lyrik, den ironisch-nostalgischen *Wiener Elegien* (1893), erreichte Saar ein größeres Publikum. Zu seinem sechzigsten Geburtstag wird der Dichter nun auch von den Autoren des Jung-Wien, von Hermann Bahr, Arthur Schnitzler und Hugo von Hofmannsthal, gefeiert. Saar selbst sah sich einmal in einem dreiblättrigen Kleeblatt mit Ludwig Anzengruber und Robert Hamerling, ein andermal in einer Trias mit Ebner-Eschenbach und Peter Rosegger, stets also als Mann des 19. Jahrhunderts, der die Bastionen des poetischen Realismus gegen die hässlichen Zumutungen des aufkommenden Naturalismus zu verteidigen bestrebt war.

Die Dürftigkeit eines Lebens als mittelloser k. k. Leutnant kannte Ferdinand von Saar nur zu gut. Aus dem Wiener Beamtenadel stammend, verlor er im Alter von fünf Monaten seinen Vater und wuchs bei Mutter und Großvater auf. 1849 trat er als Kadett in die Armee ein; nach elf Jahren in den

Garnisonen Brünn, Olmütz, Iglau, Wien und Prag quittierte er den Dienst als Unterleutnant 2. Klasse – die Rangbezeichnung lautete erst ab 1869 Leutnant (womit ›Leutnant Burda‹, in den 1850er Jahren spielend, streng genommen einen Anachronismus darstellt). Als angehender freier Schriftsteller verschuldete Saar sich im großen Stil, mehrmals saß er in Schuldhaft. Erst die Bekanntschaft mit Ebner-Eschenbach öffnete ihm den Zugang zu den Kreisen spendabler hochadeliger und großbürgerlicher Damen. In der jüdischen Salonnière Josephine von Wertheimstein fand er eine ebenso großzügige Gönnerin wie in den Fürstinnen Marie zu Hohenlohe und Elisabeth von Salm-Reifferscheidt. Auf diversen Landgütern in Mähren und der Steiermark gewährte man dem Dichter endlich ideale Arbeitsbedingungen. 1884 nahm sich seine chronisch depressive Frau Melanie nach dreijähriger Ehe das Leben. Saar stürzte sich umso heftiger in die Arbeit. In den folgenden Jahren wurde er geplagt von Depressionen, Schreibkrisen und körperlichen Leiden, zuletzt einer Darmkrebs-Erkrankung. Zerrüttet durch erfolglose Behandlungen und jahrelange Schmerzen, erschoss er sich 1906 mit seinem Armeerevolver.

In seinem ›Leutnant Burda‹ war es Saar sehr um eine realistische Darstellung der Verhältnisse zu tun, betrachtete er seine Novellen doch als »Kultur- und

Sittenbilder aus dem österreichischen Leben von 1850 bis auf die Gegenwart«. So befragte er etwa Marie Hohenlohe eingehend nach den Gepflogenheiten eines Hofballs, die er von seinen Besuchen als junger Offizier nur vage in Erinnerung hatte. Dass er die Prinzessin nach dem Vorbild einer jüngeren Schwester der Fürstin Salm, einer geborenen Prinzessin Liechtenstein, gestaltete, verwundert weniger als der Umstand, dass sie mit dem Vornamen Fanny (Franziska) und der Initiale L. für jedermann leicht zu enttarnen war.

Auch sonst geizt der Erzähler nicht mit zeitgeschichtlichen Anspielungen. Er malt das alte Wien der Basteien und Glacis vor dem Bau der Ringstraße als Idyll vor dem architektonischen Sündenfall, er spricht die »unentschiedene, ratlose Haltung« der Regierung vor dem und im Krimkrieg an (Österreichs Neutralität führte zu Spannungen mit Russland) sowie die in Prag gärenden nationalen Konflikte. Überdies macht er weder ein Hehl aus der Bildungsferne des Offiziersstandes noch aus der Absurdität von Duell und soldatischem Ehrbegriff. Ferdinand von Saar verstand sich auch in diesem Punkt als ein Anhänger Schopenhauers und war Mitglied der Wiener Anti-Duell-Liga.

Gleichheit und Differenz – für die Abhandlung dieser Frage bietet die alte Armee reiche Anschauung. So war jeder kaiserliche Offizier berechtigt, den Hofball zu besuchen. Vor dem »Militärschematismus« waren alle gleich, alte und neue Aristokraten und Bürgerliche, Reiche und Arme, es gab in der Tat auch Juden, die es bis zum General brachten. Im gesellschaftlichen Verkehr und in der Grauzone dienstlicher Protektion spielten Herkunft und Distinktion aber sehr wohl eine Rolle. So galt das »weltberühmte Café Daum« am Wiener Kohlmarkt als Treffpunkt vor allem der adeligen Offiziere. Dass Kavalleristen ihre eigenen Pferde beizubringen und zu unterhalten hatten, schloss Finanzschwache aus und begünstigte den Ruf der Kavallerie als vornehmste Waffengattung. Gerade zur Entstehungszeit der Novelle, als im Abendrot eines Reiches die Ablösung des Adels durch das, wenn auch krisengeschüttelte liberale Bürgertum eigentlich bereits vollzogen war und scheinbar unverrückbare Standesgrenzen ihre Gültigkeit verloren, war das Thema der problematischen, der verdunkelten oder angemaßten Abstammung auch in der Literatur akut. Bemerkenswerterweise ist auch bei Marie von Ebner-Eschenbach der soziale Minderwertigkeitskomplex mit einer wahnhaften libidinösen Fixierung verbunden, die den erfolglosen Werber allerdings als »glücklichen Narren« hinterlässt (›Chlodwig‹, 1875).

»Alles ist Geschichte« lautete das von George Sand entlehnte Motto, das Ebner-Eschenbach ihrem ebenfalls 1887 erschienenen Roman *Das Gemeindekind* gab.

So speziell der Fall dieses Joseph Gottfried Burda scheint, der die erotische Ambition offen mit der sozialen verknüpft, der sich in den »Familienroman« (Freud) einer gräflichen Abkunft hineinphantasiert und dafür dienstliche Unbill in Kauf nimmt – er steht doch für die Sehnsucht des uniformen und uniformierten Massenmenschen nach Einzigartigkeit, nach dem Echten und Alten, dem Seelenadel in einer Epoche des Materialismus, einem Halt in unsicheren Zeiten oder auch nur einer Atempause in verwunschenen Schlossgärten. Karl Kraus hat dies die »Sehnsucht nach aristokratischem Umgang« genannt.

Dem Erzähler der Geschichte, einem Alter Ego des Autors, scheinen solche Bestrebungen nicht fremd. (Auch Ferdinand von Saars Verwandte hatten sich vergeblich um den Nachweis eines alten Geburtsadels bemüht.) Überhaupt folgt er den kasuistischen Begründungen seines verblendeten Freundes nach anfänglicher Ablehnung immer wieder willig, er gibt, selbst verunsichert, einen »unsicheren Führer zur Erkenntnis von Burdas Wahn« ab (Karlheinz Rossbacher) und führt dabei, »in die pathologische Überschärfung getrieben«, anschaulich vor, dass die Wahrnehmung der Wirklichkeit eine Frage der Perspektive ist. Wie so vieles in diesem Text ist auch der Name des Titelhelden nicht ohne Bedacht gewählt: »Burda« heißt im Alttschechischen nicht nur Krawall und Aufruhr, sondern als Lehnwort aus dem Deutschen auch Bürde, Last. Übergroße Reizbarkeit und Sensibilität kennzeichnen nicht wenige Lebensuntüchtige in Saars Werk – die Neurasthenie, die Nervenschwäche, ist die Modekrankheit der Dekadenz. Klinisch betrachtet, schildert die Novelle den Weg vom Neurotiker zum Psychotiker. »Allerdings wird Burda durch verschiedene, trefflich herbeigeführte Zufälligkeiten in seinem Wahn bestärkt, doch keineswegs wird er durch sie erzeugt«, urteilt Betty Paoli. »Nur die krankhafte Anlage in Burdas Geist bringt sie in einen geordneten Zusammenhang mit der ihn beherrschenden Wahnvorstellung, die aus ihnen neue Nahrung saugt.« Meisterlich breitet der Autor die verführerische Logik des Größenwahns vor uns aus, all das, was *doch kein Zufall sein kann*, aber Zufall ist. Saar beleuchtet den Patienten von außen, er lässt ihn sich äußern, zugleich aber spiegelt er dessen Innenwelt in der nachvollziehenden Rationalisierungsanstrengung des Erzählers, der, untypisch für Saar, ohne Rahmenhandlung unvermittelt mit seiner Geschichte beginnt.

Als Porträt eines neurasthenischen Charakters ist ›Leutnant Burda‹ auch ein Lehrstück über den guten Ruf: Von Anfang an erscheint dieser als verderbliche Ware, agiert der Leutnant auf dem schmalen Grat zwischen dem Imposanten und dem Lächerlichen. Je weniger er, der eingebildeten Gunst der Prinzessin geschuldet, seinen Kult des Scheins und seinen Hang zum Snobismus zu kontrollieren vermag, desto ungesünder wirkt der Geltungsdrang, desto mehr neigt sich die Schale der öffentlichen Meinung zu Burdas Ungunsten. Zwischen den Zeilen deutet der Erzähler einen möglichen Grund für Burdas prekäres Renommee an: seine uneingestandene Homosexualität. Burdas Frauengeschichten haftet etwas Sagenhaftes an, von ihnen zeugen bloß »zarte Damenringe«, die er am »kleinen Finger seiner wohlgepflegten Hand« trägt. Betont werden seine Eitelkeit, seine effeminierte Erscheinung, von den langen Wimpern bis zur Vorliebe für Parfum, seine täglichen Frisuren und seine »häufigen Waschungen«. Offenkundig wird der Verdacht durch die Beleidigung des Kürassierleutnants Schorff, der dem »verwunschenen Prinzen« rät, sich in Acht zu nehmen – »ich könnte ihm sonst an die Hüfte greifen«. Dort ist zwar auch der Säbel, der wird aber, unter der Gürtellinie, zum symbolischen Phallus. Unmissverständlich ist zuletzt die mythologisch-historische Rollenverteilung: Schorff figuriert als Herkules, Burda, »mit seinen geschmeidigen, etwas weichlichen Formen«, erinnert den Erzähler an Antinous, den Geliebten des Kaisers Hadrian.

Erst sein heldenhaftes Ende als Ritter von der traurigen Gestalt bringt wiederum einen Umschwung der öffentlichen Meinung. Der reiche Emporkömmling Schorff, ein Deutscher, den man den »Amerikaner« nennt, triumphiert als Verkörperung der neuen Zeit, die Sympathie des Erzählers (und seiner Kameraden) indes gehört wie so oft bei Saar dem Unterlegenen. Burdas lichter Moment der Erkenntnis auf dem Sterbebett wird just vom Anwalt der Ratio barmherzig verdunkelt.

Das der Novelle zugeschriebene Unerhörte spielt sich bei Saar nicht auf der Ebene des Ereignisses ab, sondern auf der inneren Bühne der Psyche. Gleichwohl ist der Text nach den Regeln der Gattung kunstvoll komponiert und motiviert. In seiner Mitte, im fünften der neun Kapitel, vollzieht sich eine Wende im Verhältnis der Freunde und der Höhepunkt des Täuschungsmanövers, das »das Schicksal« augenscheinlich für Burda veranstaltet: die Verwechslung der Mäntel und die falsche Platzierung des Veilchenstraußes in der Theatergarderobe. Der Erzähler meint, mit dem Abmarsch des Regiments aus Wien sei die Sache ohnehin erledigt. – »Aber es war anders beschlossen.« Symmetrisch, vom fünften Kapitel aus betrachtet, sind auch die literarischen Anspielungen gesetzt: Ernst

Schulzes Versepos *Die bezauberte Rose* und Cervantes' *Don Quijote*, Lessings Lustspiel *Minna von Barnhelm oder das Soldatenglück* und Flotows Oper *Martha* gehören offenkundig zum Themenkomplex der Novelle, Ehre und Ritterlichkeit, Liebe und Mesalliance, Identität und Täuschung. Und auch Meyerbeers *Der Prophet* und Verdis *Ernani* stehen als Geschichten von Ehrsucht, Verblendung und Zufall nicht von ungefähr auf dem Spielplan.

Die Spannung zwischen dem romantischen Märchen und der Zerrissenheit des Fin de Siècle wird auch in der Brust des dichtenden Erzählers ausgetragen: Das große Gedicht, an dem er im zweiten Kapitel arbeitet, bleibt unvollendet, als die Wirklichkeit um ihn zur düsteren Dichtung wird. Ferdinand von Saar, der politisch Liberale und ästhetisch Konservative, ist viel mehr ein Autor der Moderne, als er selbst wahrhaben wollte. Seine Weltsicht ist pessimistisch, seine Heldinnen und Helden sind Kranke, denen (anders als noch in seiner ersten Novelle ›Innocens‹) Heilung versagt bleibt. »So viel Idealismus glaube ich mir aber doch noch bewahrt zu haben, dass ich nicht zum platten Naturalismus herabsinke«, rechtfertigt er sich gegenüber Marie Hohenlohe. Und doch erweist er sich als ein »Virtuose der Nervenkunst, noch ehe sie erfunden war« (Norbert Miller). Der Befund, den er in dieser Novelle seinem Helden ausstellt, ist zugleich ein

Befund der kakanischen Gesellschaft. Saar wollte »damit auch das durchaus *Hohle* und *Nichtige* im Leben Burdas – ja der ganzen Zeitperiode kennzeichnen«. Es ist ein kurzer Weg vom ›Leutnant Burda‹ zum ›Leutnant Gustl‹.